Der goldhaarige Gärtnerbursche. Schatzmärchen und Märchenschätze aus alter Zeit

Märchen aus Europa und dem fernen Orient
zusammengetragen und neu erzählt

von

Freya Thordsen

ISBN: 978-3-96745-054-5

Text & Layout: Freya Thordsen
Lektorat: Thomas Gronewaldt

Inhaltsverzeichnis

Einleitung

Schon vor tausenden von Jahren beflügelten der magische Glanz des Goldes und die strahlende, makellose Schönheit der Kristalle die Phantasie der Menschen. Gold ist das Fleisch der Götter, glaubten die Alten Ägypter, und nur Göttern und ihren Abkömmlingen, den Pharaonen, war es vergönnt, das edle Metall zu besitzen (was freilich auch „Normalsterbliche" nicht daran hinderte, sich hin und wieder damit zu schmücken). Die Schmiede des bronze- und eisenzeitlichen Europas trieben aus dünnen Goldblechen wundervolle Schalen und seltsame Kegelhüte. Erst seit kurzem wissen wir, dass die kunstvollen Muster darauf weit mehr als nur einfacher Schmuck, sondern vielmehr ein „Dode" sind, mit dessen Hilfe seine Schöpfer versuchten, das geheime Wissen um den Lauf der Gestirne vor dem Vergessen zu retten. Vergebens, denn mit den Priestern ging auch ihr Wissen verloren, um erst Jahrtausende später wiederentdeckt zu werden. Auch ihre goldenen und silbernen Kultgefäße ruhten, zusammen mit kostbarem Schmuck, etliche Jahrhunderte lang in Mooren, Quellen und abgelegenen Felshöhlen. denn nie sollte die gierige Hand eines Menschen nach ihnen greifen. Den Göttern allein waren sie bestimmt; im Gegenzug erhoffte man sich von den Göttern Hilfe und Segen. Viele Jahrhunderte später fanden Bauern, Holzhauer und Torfstecher diese und andere verborgenen Schätze. Märchen und Sagen von unterirdischen Schatzhöhlen oder in tiefen Brunnen verborgenen Schätzen entstanden.
Neben dem Gold weckte auch der strahlende Glanz der Edelsteine schon seit jeher Sehnsucht und

Begehrlichkeiten. Die Menschen bewunderten die makellose Schönheit der edlen Kristalle und schätzten ihre magischen Eigenschaften. So stellten sie sich die Gefilde der Seligen, die Gärten des Paradieses, das Himmlische Jerusalem vor! Mussten die Bäume des Paradiesgartens nicht aus lauter Gold und Diamanten sein?

Gold, Edelsteine und Magie – in den Märchen und im Glauben der Menschen sind sie untrennbar miteinander verbunden. Doch nicht jedem ist es vergönnt, das edle Metall und die strahlenden Steine zu gewinnen und sich damit zugleich auch deren magische Eigenschaften zunutze zu machen. In Skandinavien werden die Schätze von bösartigen Trollen bewacht, in anderen Teilen Europas und im Orient sind Drachen als Wächter sehr begehrt. Ohne Absicht brach Prinzessin Kari Trästak bei ihrer Flucht ein silbernes und goldenes Zweiglein ab; aus Strafe muss sie viele Prüfungen bestehen, ehe sie am Ende – gekleidet in ein Kleid aus Diamanten – mit ihrem Traumprinzen belohnt wird. Das goldene Haar des Gärtnerburschen verleiht dem Jüngling nicht nur unvergleiche Schönheit, sondern auch unvergleiche Stärke, während die Superhelden im „Prinz Johann und Prinzessin Windhauch" erstaunliche Ähnlichkeit mit den Grimm'schen Sechsen, die durch die Welt kommen, haben.

Neugierig geworden? Worauf wartet ihr dann noch? Kommt, setzt euch zu mir: Ich will euch eine Geschichte erzählen.

LILLEKORT

In einem Dorf hoch im Norden stand vor langer, langer Zeit eine elende Hütte, in der ein armer Mann mit seiner Frau und seinen Kindern wohnte. Die hölzernen Wände waren morsch und halb verfault und das Dach schon seit Jahren undicht, doch reparieren konnten es die guten Leute nicht. Woher hätten sie auch das Geld nehmen sollen, um Lattenholz und Schindeln zu bezahlen? Sie hatten ja noch nicht einmal etwas zu beißen! Tatsächlich hatten sie nur eines im Überfluss, und darauf hätte das arme Paar wahrlich verzichten können: Kinder! Gott hatte sie mit einem geradezu unglaublichen Kinderreichtum gesegnet, nur hatte der Allmächtige dabei offenbar vergessen, dass Kinder auch Nahrung und Kleidung haben wollten! Missmutig betrachtete der Mann den immer runder werdenden Bauch seines Weibes. „Hört das denn gar nicht auf!" stöhnte er. „Ich habe genug von diesen Gottesgaben!" Wochenlang grummelte er tagein, tagaus, und anstelle seiner Frau zu helfen, belegte er die Ärmste nur mit Vorwürfen. Als die Wehen einsetzten, blieb er nicht etwa zu Hause, um ihr beizustehen, sondern schnappte sich seine Axt und ging ins Holz. „Das hungrige Geplärre kriege ich noch früh genug zu hören!" war sein einziger Kommentar.

Allein und ohne fremde Hilfe brachte die arme Frau in ihrer elenden Hütte einen herzigen Knaben zur Welt, der vom ersten Augenblick zeigte, dass er kein gewöhnliches Baby war. Anstatt zu schreien, wie Neugeborene es üblicherweise tun, sah sich der neue Erdenbewohner mit klugen Augen in der Stube um und sprach mit klarer, vernehmlicher Stimme: Liebe Mutter, ich will euch nicht zur Last fallen. Gib mir nur ein paar alte Kleider von meinen Brüdern und einen Sack mit Essen für ein paar Tage, dann will ich hinaus in die Welt ziehen und mein Glück versuchen. Du hast ohnehin schon so viele Kinder zu versorgen."

Als die arme Frau den Säugling sprechen hörte, glaubte sie zu träumen. Hatten die Schmerzen ihre Sinne verwirrt? Aber der Lütte sah sie mit den niedlichsten blauen Babyaugen an und wiederholte seine Bitte so lange, bis sie ein paar alte Lappen heraussuchte, ihm etwas Brot in ein Tüchlein knüpfte, und fassungslos zusah, wie ihr gerade einmal ein paar Stunden alter Sohn in die Welt hinaus wanderte. Als er eine Zeitlang auf seinen kurzen, krummen Beinen marschiert war, sah er vor sich seinen um einige Minuten älteren Zwillingsbruder. Ich hatte nämlich ganz vergessen zu erwähnen, dass die arme Frau gleich zwei sehr ungewöhnlichen Rackern das Leben geschenkt hatte.

„Holla!" rief er. „Du legst ja los, als ob's um ein Preisgeld ginge! Hättest du nicht auf mich warten können, ehe du so patzig in die Welt hinaus marschierst?" Der Ältere sah sich um und blickte verblüfft auf den sprechenden Säugling. „Ich lüge nicht!" erklärte der Lütte. „Wir sind wirklich Zwillingsbrüder. Neun Monate lang waren wir zusammen in Mutters Bauch, aber du musstest dich ja vordrängeln! Hast du nicht auch Hunger?" fuhr der Kleine fort, als sei es das Selbstverständlichste der Welt. „Lass uns mal schauen, was uns die Mutter mitgegeben hat." Damit stellte er sein Tüchlein vor sich, und die ungleichen Brüder setzten sich hin und aßen.

Als sie nun etwas weitermarschiert waren, gelangten sie an einen Bach. Da sagte der Kleine: „Wir brauchen unbedingt Namen. Getauft sind wir ja beide noch nicht. Ich will so heißen, wie ich bin – Lillekort. Und du?" – König Lavring." Also tauften sie sich gegenseitig mit dem Wasser des Baches und gingen dann weiter, bis sie an einen Kreuzweg kamen. Hier trennten sie sich, aber merkwürdig: Obwohl ihre Straßen in entgegengesetzte Richtungen geführt hatten, trafen sie nach kurzer Zeit wieder zusammen. Erneut kamen sie an einen Kreuzweg, erneut trennten sie sich, und wieder führten die Straßen bald wieder zusammen.

Nach dem dritten Mal hatten sie endgültig genug. „So geht das nicht!" sagte Lillekort entschlossen. „Lass es uns anders beginnen: Einer von uns geht nach Osten, der andere geht nach Westen." – „Ja, genau. Gerätst du einmal in Not, so rufe mich nur drei Mal laut beim Namen, und ich will dir zu Hilfe kommen. Aber ruf mich ja nicht nur so zum Spaß, hörst du? Nur in der äußersten Not!" – „Da kannst du lange warten, bis wir uns wiedersehen!" versetzte Lillekort keck. Darauf sagten sie sich Lebewohl, und ein jeder von ihnen ging seiner Wege – Lillekort nach Osten, König Lavring nach Westen.

Nach einer Weile traf Lillekort auf ein buckliges Weib, das nur ein Auge hatte. Eigentlich hätte es Lillekort gut angestanden, Mitleid mit der Alten zu haben. Was aber tat dieser Rüpel stattdessen? Er stahl ihr das einzige Auge! „Oh weh, oh weh!" klagte die Alte und tastete hilflos in der Gegend herum. „Was gibst du mir, wenn ich es dir wiedergebe?" fragte Lillekort herausfordernd. Die Alte jammerte und flehte den Himmel vergeblich um Gerechtigkeit an. Endlich sagte sie: „Du sollst ein Schwert haben, mit dem du jedes Heer besiegen kannst, nur gib mir mein Auge zurück!" – „Erst das Schwert!" Die Alte machte ein geheimnisvolles Zeichen in die Luft und hielt plötzlich ein mächtiges Schwert in den Händen. Das gab sie Lillekort und erhielt dafür ihr Auge wieder.

Lillekort marschierte weiter und traf nach einer Weile auf eine zweite bucklige Alte, die ebenfalls nur ein Auge besaß. Auch hier nutzte der ebenso clevere wie kaltblütige Lillekort seine Fähigkeiten als Langfinger, um die Zauberin – denn das war sie – zu erpressen. Diesmal hieß es: Auge gegen Wissen! Und so lehrte die weise Zauberin den zukünftigen Helden die äußerst nützliche Kunst, die unglaubliche Menge von 100 Lasten Malz auf einmal zu Bier zu brauen.

Noch ein drittes Mal traf Lillekort auf eine einäugige, bucklige Alte, die ihm ein Schiff geben musste, das nicht nur sowohl in Salz- als auch in Süßwasser fahren konnte, sondern auch problemlos über Berg und Tal schipperte. Das Schiff war so klein, dass Lillekort es mühelos in die Tasche stecken konnte, ließ sich aber bei Bedarf in Windeseile auf die Größe eines richtigen Schiffes aufblähen.

So etwas gibt es nicht, sagt ihr? Natürlich gibt es ein solches Schiff – genauso wie es bucklige, einäugige Alte gibt, die ihr Auge mühelos herausnehmen und wieder einsetzen können! Schließlich sind diese Alten Göttinnen, und die können bekanntlich alle möglichen Gestalten annehmen. Mit Hilfe des Auges können sie die verborgenen Geheimnisse der Erde erspähen, oder gar einen Blick in die Zukunft werfen – wenn nicht gerade ein dreister Dieb wie Lillekort lange Finger macht. Aber genug davon.

Lillekort ging also weiter, doch seine Neugier wurde immer größer. „Will doch mal sehen, ob die Alte auch die Wahrheit gesagt hat", dachte er, zog das Schiff aus der

Tasche und stellte einen Fuß hinein. Im Nu wuchs das Schiffchen bis zur Größe eines kleinen Ruderbootes heran. Nun setzte Lillekort den zweiten Fuß hinein, und siehe da: im nächsten Augenblick stand er in einem hochseetauglichen Schiff. „Fahre über das salzige Meer und über Süßwasser, fahre über Berge und tiefe Täler, fahre bis zum Schloss des Königs!" sagte Lillekort. Einen Wimpernschlag später brauste das Schiff durch die Luft; Lillekort konnte sich gerade noch festhalten. Im Unterschied zu den meisten heutigen Navigationsgeräten, die ihre Nutzer des öfteren ins Nirgendwo führen, verfügte das Zauberboot über einen ausgezeichneten Orientierungssinn und landete nach kurzer Zeit vor dem Königsschloss. Dessen Bewohner hatten das wundersame Schiff schon von Weitem in der Luft gesehen und liefen nun staunend nach unten. Dazu mussten sie freilich ihre Ausguckplätze an den Fenstern verlassen, und ehe sie am Tor waren, hatte Lillekort das Schiff schon wieder auf Westentaschenformat verkleinert und eingesteckt. Als die neugierigen Diener aus dem Tor herausströmten, war das seltsame Schiff wie vom Erdboden verschluckt. Alles, was sie sahen, war ein zerlumpter, kleiner Knabe, der auf die Frage, wo er her sei, ganz bescheiden antwortete, das wüsste er nicht und inständig bat, ihm eine Arbeit zu geben. „Lasst mich doch wenigstens Holz und Wasser für die Küche tragen, so dass ich mein Brot verdienen kann."

„Einen solchen Gehilfen kann ich gut gebrauchen", rief die Köchin, die mittlerweile auch hinzugekommen war. „Lasst ihn bleiben." So zog Lillekort ins Schloss ein. Aber seltsam, warum waren alle Wände und Decken, ja sogar das Dach, mit Schwarz bezogen? Er fragte die Köchin, was das zu bedeuten habe. Die kräftige Frau musterte ihn ernst und gab einen abgrundtiefen Seufzer von sich. „Das will ich dir sagen. Die Prinzessin ist schon vor etlichen Jahren drei Trollen versprochen wurden, und nächsten Donnerstag Abend will einer von ihnen sie abholen. Der Ritter Röd hat zwar geschworen, sie zu befreien, aber Gott allein weiß, ob es ihm gelingt." Lillekort hörte aufmerksam zu und machte sich so seinen Gedanken.

Am Donnerstagabend führte der berühmte Ritter Röd die Prinzessin ans Meeresufer, ganz so, wie es vor Jahren abgemacht worden war. Großspurig war er aus dem Schloss hinausgezogen. „So einen Troll schaffe ich mit Links!" hatte er prahlerisch verkündet. „Den schnippse ich mit dem kleinen Finger weg!" Allein – kaum waren sie am Ufer angelangt, hatte sich der Heldenmut unseres ach so tapferen Ritters in Luft aufgelöst. Auf einen Baum kroch das Großmaul und ließ die Prinzessin kläglich im Stich! „Bitte verlasst mich nicht!" flehte das arme Mädchen verzweifelt. „Ihr habt es doch versprochen!" Der tapfere Maulheld aber steckte noch nicht einmal die Nasenspitze aus dem dichten Laub, sondern verkündete nur lautstark seine neueste Erkenntnis: *„Es ist besser, dass Einer sich opfert, als wenn Zwei ihr Leben verlieren."* So hätte es gewiss ein trauriges Ende genommen mit der Prinzessin, wenn nicht Lillekort die Köchin um Erlaubnis gebeten hätte, ein wenig am Strand spazierengehen zu dürfen. Die war zwar zunächst gar nicht erbaut darüber, aber weil Lillekort so schön bat, sagte sie endlich: „Na gut, aber sieh zu, dass du zurück bist, wenn der Kessel zum Abendessen übers Feuer gehängt und der Braten an den Spieß gesteckt wird! Ich brauch dich dann hier in der Küche! – Und bring einen Arm voll Holz mit!" rief sie dem davoneilenden Knaben hinterher.

Lillekort rannte, was seine kurzen Beine hergaben, und das war gut so, denn kaum hatte er den Strand erreicht, kam von der anderen Seite auch schon der Troll herangebraust. Habt ihr schon einmal einen Troll gesehen? Nein? Ich auch nicht, aber in den Büchern steht, dass sie groß und fett und hässlich sind. Der Troll, dem Lillekort sich gegenüber sah, war in jeder Beziehung ein Musterexemplar seiner Art, und hatte zu allem Überfluss auch noch fünf Köpfe! „Feuer!" schrie der Troll aus allen fünf Kehlen gleichfalls. „Feuer gleichfalls!" rief Lillekort zurück. „Kannst du fechten?" schrie der Troll. Lillekort zuckte gleichgültig mit den Schultern. „Wenn ich's nicht kann, kann ich's ja noch lernen." Da schlug der Troll mit seiner eisernen Stange so heftig nach ihm, dass die Erde fünf Ellen hoch aufspritzte. „Ui!" rief Lillekort. „Nicht schlecht! Nun sollst du aber auch einen Schlag von mir sehen!" Damit ergriff er das Schwert der Zauberin und schlug dem Troll mit einem einzigen Schlag alle fünf Köpfe ab. Die Prinzessin, die atemlos alles mit angesehen hatte, küsste und herzte ihn voller Freude, bis Lillekort ganz außer Atem war. „Jetzt schlaf ein wenig in meinem Schoß!" sagte das holde Mädchen endlich. Gehorsam legte der Knabe seinen Kopf in ihren Schoß und war im Nu eingeschlummert. Während er schlief, zog die Prinzessin ihm ein goldenes Kleid an.
Unterdessen war unser Maulheld von seinem sicheren Versteck heruntergeklettert, denn jetzt drohte ihm ja keine Gefahr mehr. „Hör mir genau zu!" grollte er mit finsterer Miene und packte die erschrockene Prinzessin bei den Armen. „Kein Sterbenswörtchen von alldem! Niemand anders als ich hat dich befreit! Wenn du die Wahrheit verrätst, bringe ich dich um, hast du verstanden?" Dabei zog er so ein böses Gesicht, dass die arme Prinzessin

weinend nickte. Darauf schnitt der Fiesling dem Troll die Lungen aus dem Leib und die Zungen ab und führte die Prinzessin wieder zurück ins Schloss. Oh, da hättet ihr sehen sollen, mit welchen Ehren man den Ritter überhäufte! Der überglückliche König wusste gar nicht, welche Wohltaten er ihm noch erweisen konnte! Ritter Röd musste fortan bei Tisch an seiner Seite sitzen – eine höhere Ehre konnte es gar nicht geben.

Lillekort begab sich unterdessen auf das Schiff des Trolles, nahm dort etliche goldene und silberne Reifen und kehrte mit seiner kostbaren Last ins Schloss zurück. Der Köchin fielen fast die Augen aus dem Kopf, als sie den Knaben mit all den Schätzen sah. „Wo hast du denn diese schönen Sachen her, mein lieber, kleiner Lillekort?" fragte sie mit einer Mischung aus Staunen und Misstrauen. Die gute Frau konnte sich nämlich nicht vorstellen, dass Lillekort die Schätze auf ehrliche Art und Weise erworben hatte, womit sie eigentlich noch nicht einmal so verkehrt lag. Lillekort aber sah sie mit unschuldigen Augen an und erwiderte: „Oh, ich bin zu Hause gewesen, und da waren die Reifen von einem Eimer abgefallen, und da hab ich sie für dich mitgenommen, um dir eine Freude zu machen." Als die Köchin das hörte, hellte sich ihr Gesicht auf. „Oh, du Guter!" rief sie geschmeichelt. „Das ist aber lieb von dir, dass du an mich gedacht hast!"

Die Kunde vom Tod des Trolls verbreitete sich wie ein Lauffeuer, und so dauerte es nur wenige Tage, bis der zweite Troll seine Ansprüche auf die Prinzessin anmeldete. Am nächsten Donnerstag gegen Abend wollte er sie am Meeresufer abholen.

Wieder war Trauer im Schloss angesagt; nur Ritter Röd verkündete großsprecherig, wenn er den ersten Troll erledigt habe, werde er ja wohl auch mit dem zweiten fertig. So vertraute der König ihm auch diesmal seine Tochter an, und auch diesmal verkroch sich der ach so tapfere Rittersmann, kaum dass sie das Meeresufer erreicht hatten. Welch ein Glück, dass Lillekort die Köchin wieder um die Erlaubnis bat, am Meer mit den anderen Kindern spielen zu dürfen! Hätte die gute Frau geahnt, was der Schlingel unter „spielen" verstand, sie hätte ihm den Ausflug wohl kaum gestattet. So aber... Nun, machen wir es kurz: Der zweite Troll hatte trotz seiner zehn Köpfe keine Chance gegen Lillekorts unbesiegbares Schwert, die überglückliche Prinzessin lud ihn ein, in ihrem Schoß zu ruhen und zog ihm, während er schlummerte, ein silbernes Kleid an. Ritter Röd nötigte ihr abermals ein Schweigegelübde ab, präsentierte im Schloss Zungen und Lungen des toten Trolls und ließ sich überall als Held feiern. Lillekort wiederum sammelte auf dem Schiff des Trolls einen Arm voll Gold- und Silberreifen und schenkte alles der Köchin.

Am dritten Donnerstag wiederholte sich das Ganze, nur hatte der Troll diesmal 15 Köpfe und das Kleid, das die Prinzessin ihrem schlummernden Retter anzog, war aus Messing. Diesmal aber hielt sie ihn fest und fragte: „Zweimal hat mich dieser feige Aufschneider Röd zum Schweigen gezwungen, und das wird er auch jetzt versuchen. Sage mir: Wie soll mein Vater dann die Wahrheit erfahren? Du weißt doch sicher, dass Vater demjenigen, der mich erlöst, nicht nur das halbe Reich, sondern auch meine Hand versprochen hat. Und ich will nicht die Frau dieses Großmauls werden!" fügte sie trotzig hinzu.

„Das will ich dir sagen", versetzte Lillekort. „Tu so, als ob du Röds Spielchen mitmachst. Wenn man dich am Hochzeitstag fragt, wer dein Mundschenk sein soll, dann sage: ich will den kleinen Buben haben, der in der Küche Holz und Wasser trägt. Wenn ich dir dann Wein einschenke, werde ich auf dem Teller des Ritters einen Tropfen verschütten. Ich wette, er wird wütend werden und mich schlagen. Das Ganze wird sich drei Mal wiederholen. Beim dritten Mal aber sage zu ihm: Schande über dich, dass du meinen Herzallerliebsten schlägst! Er ist es, der mich befreit hat, und ich will ihn haben!" Die Prinzessin klatschte vor Freude in die Hände und versprach, sich genau an die Anweisungen zu halten. Daraufhin begab sich Lillekort auf das Schiff des Trolls, sammelte wie zuvor Gold- und Silberreifen zusammen und vermachte sie bei seiner Rückkehr ins Schloss der Köchin. Ritter Röd kletterte unterdessen von seinem sicheren Versteck herunter, drohte der Prinzessin an, sie umzubringen, wenn sie einen Ton von dem, was sich tatsächlich ereignet hatte, verlautbaren ließe, und präsentierte dem überglücklichen König Lungen und Zungen des dritten Trolls.

Als sich die Prinzessin den Küchenbuben als Mundschenk wünschte, war Ritter Röd alles andere als erbaut. Hätte er gewusst, dass niemand anders als Lillekort die Trolle getötet hatte, wäre seine Reaktion wohl noch viel heftiger ausgefallen. So aber meinte er nur verächtlich: „Was willst du denn mit dem schmutzigen Lumpenjungen?" Die Prinzessin aber bestand darauf, bis sie ihren Willen bekam.

Lillekort hatte sich gut auf seinen Einsatz vorbereitet. Beim ersten Schlag des Ritters verlor er seine Lumpenkleider und die erstaunten Hochzeitsgäste sahen erstaunt das glänzende Messingkleid des kleinen Knaben. Beim zweiten Schlag fiel das Messingkleid, beim dritten Schlag das

Silberkleid von ihm ab, und nun stand Lillekort in seinem strahlenden goldenen Kleid vor der Tafel. „Schämst du dich nicht!" rief da die Königstochter. „Schande über dich, dass du meinen Herzallerliebsten schlägst! Er war es, der mich befreit hat, und ihn will ich haben!"
Der Ritter sprang auf und lief puterrot an. „Was erlaubst du dir!" schrie er. „Mein König, gebt nichts auf die Launen der Prinzessin! Habe ich Euch nicht die Zungen und Lungen der Trolle gebracht? Sagt selbst, wie hätte ich das vollbringen können, wenn ich nicht die Trolle getötet hätte?" Der König musterte zweifelnd den kleinen Buben in seinem goldenen Kleid. Zugegeben, das Großmaul Röd war ihm noch nie sonderlich sympathisch gewesen, und sich mit fremden Federn zu schmücken würde so recht zu ihm passen. Aber dieser lütte Kerl dort – ein Trolltöter? „Wer meine Tochter befreit hat," sagte er nach längerem Nachdenken, „der kann wohl auch die Wahrzeichen seiner Taten vorweisen." Da lief Ritter Röd los und legte seine unappetitlichen Souvenirs vor die versammelten Hochzeitsgäste. Lillekort aber brachte die Schätze, die er von den Trollschiffen genommen hatte. Wie das funkelte und glänzte! Solche Schätze, das wusste jeder, horteten nur die unersättlichen Trolle. Damit war die Sache klar. Ritter Röd wurde in die Schlangengrube geworfen, und Lillekort bekam die Prinzessin und das halbe Reich.
Einige Zeit später spazierte der kleine Lillekort mit seinem königlichen Schwiegerpapa im Garten, als ihm ein Gedanke kam. „Hast du eigenlich noch mehr Kinder?" wollte er wissen. „Ach", seufzte der König, „Ich hatte noch eine Tochter, aber die hat mir ein Troll geraubt. Wenn es dir gelingt, sie zu befreien, machst du mich zum glücklichsten Vater der Welt. Ich gebe dir dafür auch ihre

Hand und die andere Hälfte meines Reiches." – „Nun", sagte Lillekort, „ich versuch's. Aber ich brauche dazu eine eiserne Kette, die fünfhundert Ellen lang ist. Außerdem musst du mir 500 Mann und Proviant für 15 Wochen mitgeben, denn der Weg übers Meer ist weit."

„Das alles sollst du bekommen", versprach der König. „Aber im ganzen Land gibt es kein Schiff, das groß genug wäre, all das zu tragen." – „Oh, das ist kein Problem", winkte Lillekort ab. „So ein Schiff habe ich." Damit zog er das Schifflein aus seiner Tasche. „Der Witz ist gut!" lachte der König. „Aber dieses Schifflein wird uns nicht helfen." Lillekort grinste in sich hinein, steckte das Schifflein wieder ein und erwiderte, er werde schon ein passendes Schiff besorgen – der König möge ihm nur alles andere herbeischaffen. Als das geschehen war, ließ Lillekort sein Zauberschiff zunächst auf die Größe eines mittleren Ruderbootes anwachsen. „Nun legt die Kette ins Schiff", verlangte er. Warum, ist klar: Das Schiff wuchs mit seinen Aufgaben: Kleine Last – kleines Schiff. Große Last – großes Schiff. Das Problem war nur: die Kette war so schwer, dass ein einzelner Mann sie unmöglich heben konnte, und so viele Männer, wie es gebraucht hätte, um sie als Ganzes zu transportieren, passten nicht auf das kleine Schiff. Da nahm Lillekort selbst die Kette an einem Ende, legte einige Glieder in das Schiff, wartete, bis es angewachsen war, legte wieder einige Glieder hinein, wartete wieder, und so ging es fort, bis die ganze Kette nebst 500 Mann und Proviant in dem Schiff Platz gefunden hatten.

Nun sagte Lillekort sein Sprüchlein auf: „Fahr hin über Süßwasser und Salzwasser, über Berg' und tiefe Täler, bis dass du kommst an den Ort, wo des Königs Tochter ist!" und sogleich blähten sich die Segel und dann brauste das

Schiff über Wasser und Land dahin.

Als sie etliche Tage lang gesegelt waren, erschlafften plötzlich die Segel und das Schiff stand still – mitten auf dem weiten Meer. „Am richtigen Ort sind wir jetzt", sagte Lillekort. „Jetzt muss ich nach unten." Darauf nahm er die eiserne Kette, band sie sich um den Leib und sagte zu seinen Männern: „Wenn ich wieder hinauf will, gebe ich einen starken Ruck. Dann müsst ihr sofort alle zugleich anziehen – wenn nicht, ist es um mich geschehen." Damit sprang er ins Wasser, und die Wellen schlugen über ihm zusammen. Angst zu Ertrinken hatte er nicht, denn wie jeder norwegische Märchenheld konnte auch unser Lillekort ganz gut unter Wasser atmen. Immer tiefer und tiefer sank er, bis er endlich den Grund des Meeres erreichte. Dort sah er einen Berg, in dem eine große Tür war. In der dahinter liegenden Höhle war die Prinzessin eben dabei, die Kleider des Trolls zu flicken. Als sie Lillekort sah, stieß sie einen Freudenschrei aus. Als ihr der Knabe jedoch den Grund seines Kommens sagte, schüttelte sie nur traurig den Kopf. „Ach, ich kann nicht mit dir kommen, denn ich gehöre dem Troll. Wenn er dich sieht, wird er dich töten." – „Ah, der Troll!" versetzte Lillekort. „Gut, dass du ihn erwähnst. Wo steckt der Bursche eigentlich?" Die Königstochter erzählte ihm darauf, der Troll sein fortgegangen, um jemanden zu suchen, der hundert Lasten Malz auf einmal zu Bier brauen könne. „Er will ein großes Festmahl geben", erklärte sie. „Die Trolle sind ja solche Säufer!"

„Hundert Lasten Malz, sagst du?" vergewisserte sich Lillekort. „Oh, das kann ich!" Die Prinzessin staunte. „Wenn nur der Troll nicht so schrecklich eifersüchtig wäre!" seufzte sie. „Wenn er dich sieht, zerreißt er dich auf der Stelle, noch ehe ich's ihm sagen kann." Sie überlegte. „Versteck dich unter meinem Bett, bis ich dir ein Zeichen gebe!" Kaum hatte sich Lillekort verkrochen, polterte auch schon der Troll herein und schnubberte geräuschvoll herum. „Was ist das?" grummelte er so laut, dass die Höhle erzitterte. „Es stinkt nach frischem Menschenfleisch!" – „Oh, verzeih mir", bat die Prinzessin und versuchte, das Zittern in ihrer Stimme zu verbergen. „Eine Möwe muss einen Menschenknochen durch den Schornstein fallen gelassen haben. Ich habe ihn zwar so schnell wie möglich fortgeschafft, aber der Geruch ist wohl immer noch vorhanden. Wir Menschen haben nun mal keine so feine Nase wie ihr Trolle." Der Hausherr gab sich mit der Erklärung zufrieden und verzog angewidert das Gesicht. „Hast du eigentlich jemanden gefunden, der die hundert Lasten Malz verbrauen kann?" hakte die Prinzessin nach. „Hmpf, schön wär's!" knurrte der Troll. „Vor einer Weile war Einer hier, der meinte, er könnte es", meinte die junge Frau nun. „Ach du!" Der Troll sprang auf. „Warum hast du ihn nicht hier behalten? Du tust doch sonst immer so klug!" – „Ich habe ihn auch nicht gehen lassen", gab die Prinzessin zur Antwort. „Aber du bist immer so eifersüchtig, und so habe ich ihn vor dir versteckt, damit du ihn nicht zerreißt, bevor ich es dir hätte sagen können." – „Wenn es so ist – worauf wartest du noch! Lass ihn herkommen, ich werde ihm schon nichts tun!"

Als Lillekort vor ihm stand und bekräftigte, dass er die seltene Kunst, eine solch große Menge Bier zu brauen, beherrsche, rief der Troll: „Dann ist es gut! Mach dich gleich an die Arbeit! Aber wehe, das Bier ist nicht stark genug!" – „Keine Sorge", erwiderte Lillekort. „Es wird schon kräftig werden!"

Nachdem er sich die riesigen Braupfannen und alles andere bereit gestellt hatte, ging er zum Troll und forderte mehr Männer zum Zutragen. „Die paar Hanseln, die ich hier bekommen habe, reichen bei Weitem nicht." Das leuchtete dem Troll ein, und so schickte er alle seine Leute, um Lillekort beim Brauen zu helfen. Stellt euch das aber bloß nicht so einfach vor! Eine solche Menge Bier zu brauen, ist wahrlich eine Kunst. Und stark musste es auch noch sein! Lillekort aber schaffte es. Für die besondere Würze sorgten ein paar ganz spezielle Kräuter, denn ein Reinheitsgebot kannte man damals noch nicht. „Nun kostet, ob's euch kräftig genug ist!" forderte Lillekort den Troll und seine Helfer auf.

Der Hausherr machte den Anfang, dann tauchten die anderen ihre Becher in die Braupfannen. Wenige Minuten später erzitterte der Berg vom Schnarchen der Schlafenden. Darauf hatte Lillekort nur gewartet. Rasch füllte er eine große Kiste mit Gold und Silber, umschlang sich selbst, die Prinzessin und natürlich die Kiste mit der eisernen Kette, zog kräftig daran und ließ sich von seinen Männern hinaufziehen. Als sie oben waren, sagte er sein Sprüchlein wieder auf, und schon brauste das Schiff in Richtung Königsschloss davon. War das eine Freude dort! Tagelang wurde gesungen und getanzt und gefeiert. Einzig Lillekort fühlte sich nicht wohl in seiner Haut. Ihr fragt euch, warum? Na das ist doch klar: Lillekort befand sich in einer Zwickmühle! Der König hatte ihm beide Töchter versprochen – er wollte aber doch nur die Jüngste, die er zuerst befreit hatte. Wie kam er aus dem Schlamassel wieder heraus, ohne die ältere Schwester vor den Kopf zu stoßen? Nach langem Nachdenken hatte er den rettenden Einfall. Natürlich! Hatte nicht sein älterer Zwillingsbruder gesagt, er solle nach ihm rufen, wenn er in höchster Not wäre? Nun, wenn dies kein Notfall war – was war dann einer? Flugs ging er vors Schloss und rief laut nach König Lavring. Keiner kam. Er rief noch einmal. Wieder nichts. Erst beim dritten Mal stand plötzlich sein Bruder vor ihm. „Was plärrst du so!" warf König Lavring ihm vor. „Hatte ich dir nicht gesagt, du sollst mich nur rufen, wenn du in äußerster Not bist?" *Patsch!* Die Maulschelle war so heftig, dass Lillekort über die halbe Wiese purzelte.

„Aber das bin ich doch!" erwiderte Lillekort kläglich und erzählte ihm alles. „Oh, das ist natürlich etwas anderes", gestand König Lavring zerknirscht. „Verzeih mir bitte." Nun tauschten die Brüder die Kleider. „Geh du als erstes hinein", sagte Lillekort. „Dann werden die Prinzessinnen glauben, mich zu sehen. Welche dich als erstes küsst, die nimmst du, und ich nehme die andere." Lillekort wusste nämlich, dass die ältere Prinzessin stärker und schneller war als ihre jüngere Schwester. Und seine Rechnung ging auf: Die Prinzessinnen stürmten beide auf den vermeintlichen Lillekort zu, die ältere schubste ihre jüngere Schwester beiseite, küsste den Knaben – und war mehr als nur verdattert, dass es nicht Lillekort, sondern dessen Zwillingsbruder war, dem sie sich an den Hals geworfen hatte. Aber König Lavring gefiel ihr auch, und damit nahm alles ein gutes Ende: König Lavring heiratete die Ältere, Lillekort die Jüngere, und alle lebten sie von nun an glücklich und zufrieden.

Das Glück der Reichen – Ein Märchen aus Ungarn

Was meint ihr, was braucht man mehr: Glück oder Reichtum? Ihr sagt: beides? Stimmt, aber was wäre, wenn ihr euch für eines entscheiden müsstet? Nun? Vielleicht hilft euch die folgende Geschichte dabei.

Es war einmal ein Mann, der war so arm wie eine Kirchenmaus. Ach, was sage ich: selbst eine Kirchenmaus war reicher, denn die musste sich wenigstens keine Sorgen um ihr Fressen machen. Dabei war der Mann durchaus nicht faul. Im Gegenteil: Jeden Tag band er ein Dutzend Besen – er war nämlich Besenbinder – und verkaufte sie in der Stadt auf dem Markt. An guten Tagen verdiente er auf diese Weise gerade genug, um etwas zu essen für sich und seine Frau zu kaufen. An schlechten – nun ja, an schlechten Tagen war Schmalhans Küchenmeister. Solche schlechten Tage gab es sehr viele.

Zu jener Zeit waren Glück und Reichtum noch keine geisterhaften Begriffe, sondern streiften voller Selbstbewusstsein in menschlicher Gestalt durch die Welt. Jeder von ihnen war der festen Überzeugung, der Mächtigere zu sein. „Was wären die Menschen ohne mich!" verkündete stolz das Glück. „Ach, red' nicht!" hielt der Reichtum entgegen. „Was nützt dem Menschen all sein Glück, wenn er am Hungertuch nagt?" Als die Diskussion gerade im schönsten Gange war, kam der arme Mann mit seinen Besen des Weges. „Sieh dir diesen armen Schlucker an!" sagte der Reichtum. „Wetten, dass er keine Besen mehr zu Markte tragen muss, wenn ich es wünsche?" – „Gut", erwiderte das Glück. „Und dennoch werde ich gewinnen, und weißt du auch, warum? Weil der Mann nach deinem Wirken trotzdem wieder Besen binden wird. Wenn ich hingegen mit ihm fertig bin, wird er mit sechs Ochsen

Weizen zur Stadt fahren lassen und stolz auf einem Pferd hinterherreiten." – „Top! Die Wette gilt!" sprach der Reichtum. Daraufhin trat er dem Mann in den Weg und sagte: „Hör zu, du armer Mann! Du hast lange genug Besen geschleppt. Ich gebe dir hundert Gulden. Mach damit, was du willst, aber sieh zu, dass ich dich nicht mehr mit Besen sehe!" Ungläubig starrte der arme Besenbinder auf das Gold in seiner Hand, doch ehe er sich bedanken konnte, war der großzügige Fremde wie vom Erdboden verschwunden. Das Geld in seiner Hand aber blieb, und damit tausend Fragen. Nach einer endlos langen Weile zuckte er mit den Schultern und murmelte zu sich selbst: „Ach, was soll's! Einem geschenkten Gaul schaut man nicht ins Maul! Was stehst du hier noch rum, Alter! Fort mit euch, ihr elenden Besen!" Damit warf er seine Last hin und machte sich voller Freude auf den Heimweg. Zu Hause angekommen, steckte er das Gold in den Kleietopf – das war nämlich das einzige gut verschließbare Gefäß in der ärmlichen Hütte. Dann lief er in den Wald, um Holz zu holen, damit seine Frau Wasser heiß machen konnte. Unterdessen kehrte seine bessere Hälfte zurück. Von dem unverhofften Geldsegen ahnte sie natürlich nichts, und so tauschte sie die Kleie bei einem Nachbarn gegen Maismehl ein. Bald darauf kehrte auch der arme Mann heim und stürzte sich heißhungrig auf den dampfenden Maisbrei. Nachdem sein Magen befriedigt war, wollte er seiner Frau den so unverhofft gewonnenen Reichtum zeigen. Er ging zum Kleietopf, doch was war das? „Nanu, Frau, wo sind denn die Kleie?" fragte er voller böser Vorahnung. „Na was meinst du, woher ich das Maismehl habe?" versetzte seine bessere Hälfte. „Das hab ich beim Kürschner gegen die Kleie eingetauscht." – „Und wo hast du die hundert Gulden hin?" – „Hast du auf dem Markt mal wieder zu viel Schnaps getrunken?" fuhr die Frau auf. „Was faselst du von hundert Gulden? So viel hat deine ganze Sippschaft nie gehabt!" Ein Wort gab das andere, und im Nu war der schönste Streit im Gange. Am Ende prügelte der Mann seine Frau mit der Peitsche zum Kürschner, um das Geld zurückzufordern. Na da war er aber an den Richtigen geraten! „Hat euch der Branntwein den Verstand verwirrt?" schrie der Kürschner. „Packt euch fort!"

Was war da zu machen? Traurig schlichen sie nach Hause zurück, und der arme Mann ging wieder in den Wald, band seine Besen und schleppte sie in Richtung Stadt. Schon von weitem sahen ihn die beiden Streithähne kommen. „Na, was hab ich dir gesagt?" hänselte das Glück. „Da kommt er wieder mit seinen Besen!"

Wütend trat der Reichtum dem Besenbinder in den Weg. „Hab ich dir gestern nicht hundert Gulden gegeben unter der Bedingung, dass du nie wieder Besen tragen wirst?" „Ach, bitte, zürnt mir nicht!" flehte der arme Mann und erzählte, was ihm widerfahren war. „Das ist wirklich Pech!" meinte der Reichtum etwas ruhiger. „Aber ich will nicht so sein: Hier hast du noch einmal hundert Gulden, aber sieh zu, dass ich dich nicht noch einmal mit Besen sehen muss!"

Diesmal versteckte der Mann das Geld im Aschetopf, ehe er nach Feuerholz in den Wald ging. Seine Frau tauschte unterdessen den Aschentopf beim Gerber gegen Maismehl ein, und so wiederholte sich das Drama von neuem. Traurig schritt der Pechvogel noch am selben Tag mit seinen Besen, die er diesmal wohlweislich nicht weggeworfen hatte, zum Markt. Als der Reichtum ihn sah, fluchte er wie ein Rohrspatz. „Dieser Kerl ist wirklich zu nichts zu gebrauchen! Soll er doch sehen, wo er bleibt! Ich gebe ihm nichts mehr!"

Nun trat das Glück auf den Weg und sprach den armen Mann mit folgenden Worten an: „He, Besenbinder. Ich sehe, dass du mit schwerer Arbeit dein täglich Brot erwirbst. Hier hast du einen Kreuzer! Er soll dir Glück bringen." Der arme Mann bedankte sich freundlich, dann ging er in die Stadt, verkaufte die Besen und kaufte von dem Erlös Mehl, Salz und Eier. Der Kreuzer wechselte für drei Nüsse den Besitzer. Damit machte er sich auf den Heimweg. Wie er nun so dahinwanderte, traf er auf drei Kinder, die sich um irgend etwas prügelten. „He, ihr! Was zankt ihr euch so?" rief er die Rangen an. „Schaut nur, Onkelchen!" riefen die Drei mit hellen Stimmchen. „Dieses funkelnde Ding haben wir gefunden, und jetzt können wir es nicht teilen." Das funkelnde „Ding" war ein großer Diamant, was freilich weder der arme Besenbinder noch die Kinder wussten. So sagte der Mann zu ihnen: „Was haltet ihr davon: Ihr gebt mir das Ding da, und ich gebe euch die drei Nüsse hier. Dann müsst ihr euch wenigstens nicht mehr streiten." Die Kinder waren einverstanden, und so trug der Mann sein strahlendes Juwel nach Hause und legte es dort aufs Fensterbrett. Wie aber staunten die armen Leute, als der Abend hereinbrach, und der Glitzerstein anfing zu leuchten! Die ganze Stube war so hell, als würden hundert Kerzen brennen! „Sieh nur!" sagte der arme Mann zu seiner Frau. „Jetzt kann ich auch nachts Besen binden und mehr verdienen." Auch die Frau freute sich, doch noch während die beiden den leuchtenden Stein bewunderten, hielt ein Wagen vor der kleinen Hütte. Er gehörte einem reichen armenischen Kaufmann, der eigentlich nur um Feuer für seine Pfeife bitten wollte und angehalten hatte, weil er noch Licht im Fenster gesehen hatte. Wie aber staunte er, als er die Quelle des strahlenden Funkelns erkannte! „Sagt mir, wie viel wollt Ihr dafür haben?" fragte er den armen Mann krächzend. Der Besenbinder zuckte mit den Schultern. „Ach, Herr, das ist eine kostbare Sache!" sagte er und meinte damit, dass der Stein für ihn als Lichtquelle wertvoll sei. Der Kaufmann aber glaubte, der arme Mann wolle handeln und bot ihm einen Scheffel Silberbatzen (Batzen = Münzart). „Ach Herr, das ist eine sehr kostbare Sache", erwiderte der arme Mann. „Ich biete dir zwei Scheffel Silberbatzen." – „Nicht unter drei Scheffeln, mein Herr", sagte der arme Mann, denn er glaubte, der Fremde erlaube sich einen Scherz mit ihm. Ohne zu diskutieren gab ihm der Kaufmann das Geld und zog voller Freude mit seinem Schatz davon. Aber auch der arme Mann freute sich, denn er wusste ja nicht, dass der Diamant das hundertfache wert gewesen war. Am andern Tag kaufte er sich ein Gehöft, einen fruchtbaren Acker und eine Wiese, und schon im Herbst konnte er eine reiche Ernte einfahren. Er kaufte sechs schöne Ochsen, zwei Pferde für den Wagen und ein Reitpferd für sich selbst. Zum Johannismarkt ließ er den Wagen mit Weizen in die Stadt ziehen. So reichlich war die Ernte ausgefallen, dass er auch noch die sechs Ochsen anspannen musste, um alles fortzuschaffen. Er selbst saß auf seinem Pferd und ritt mit stolz geschwellter Brust hintendrein.

„Kennst du diesen vornehmen Herrn, Reichtum?" fragte das Glück, als er näherkam. „Ich kann mich nicht entsinnen", erwiderte der Reichtum. „Aber du könntest ihn kennen", versetzte das Glück triumphierend. „Das ist der ehemalige Besenbinder. Siehst du, wie mein Kreuzer ihn zu einem reichen Mann gemacht hat?" Da schämte sich der

Reichtum und sagte kleinlaut: „Du hast recht: Reichtum ohne Glück ist nichts wert."

DIE SCHLANGENKRONE

Vor langer Zeit, als Wunder noch alltäglich waren, ritt Prinz Tristan am Ufer eines klaren Baches entlang und freute sich über den herrlichen Frühlingstag – vor allem aber freute er sich darüber, dem strengen Hofregiment für einige Stunden entkommen zu sein. Wie herrlich das Bächlein im Sonnenlicht funkelte! Prinz Tristan konnte sich gar nicht sattsehen an den Schönheiten der Natur. Da bemerkte er eine Bewegung aus den Augenwinkeln. Er zügelte sein Pferd und sah genauer hin. Heilige Mutter Gottes, träumte er, oder kroch da wirklich eine Schlange, deren Haut in allen Regenbogenfarben schillerte? Das wundersamste aber war das Krönlein auf ihrem Kopfe! Es gleißte und funkelte heller als tausend Diamanten! Geblendet kniff Tristan die Augen zusammen und beobachtete mit angehaltenem Atem, wie die Schlange ihre kostbare Krone auf einen Stein legte, bevor sie in das erfrischende Nass glitt, um zu baden.

Was bin ich für ein Glückspilz, dachte der Prinz und gab seinem Pferd die Sporen. In wenigen Augenblicken hatte er den Stein erreicht, griff sich die Krone und ritt so schnell er konnte davon. „Vater wird Augen machen, wenn er das sieht! dachte er. „Eine solche Kostbarkeit hat er in seiner ganzen Schatzkammer nicht. Schön dumm von der Schlange, ihre Krone so einfach abzulegen!" Fröhlich ritt er dahin, lachte über die Dummheit der Schlange und malte sich aus, welche Belohnung ihm sein Vater zuteil werden lassen würde. Plötzlich jedoch drang ein seltsames Zischen und Pfeifen. Das wird de Wind sein, dachte der Prinz, doch das merkwürdige Geräusch wurde immer lauter und bedrohlicher. Schlimmer noch: Es schien von hinten zu kommen! Jetzt wurde dem Prinzen doch etwas mulmig zumute. Wer aber beschreibt sein Entsetzen, als er die Quelle des Geräusches sah: Ein Heer aus tausenden von Schlangen verfolgte ihn mit wütendem Zischen. An ihrer Spitze aber glitt die regenbogenfarbige Schlangenkönigin. Beim Kriechen erzeugten ihre Schuppen ein raschelndes Geräusch, dass ihm die Haare zu Berge stehen ließ. In panischer Angst gab Tristan seinem Pferd die Sporen, doch so schnell das treue Ross auch rannte – die Schlangen waren schneller. Schon hatten die ersten ihn erreicht und wollten sich um die Beine des Pferdes schlingen. Von eisigem Grauen gepackt, warf Tristan die verhängnisvolle Diamantenkrone in das Heer der Schlangen, und tatsächlich – die Biester ließen von ihm ab. Doch der Prinz hatte sich zu früh gefreut. Kaum saß das Krönlein wieder auf dem Kopf der Schlangenkönigin, stürmte das Schlangenheer wieder hinter ihm her, schneller als je zuvor. In seiner Not opferte Tristan sogar seinen Hut; einige Schlange stürzten sich auf ihn und durchlöcherten ihn wie einen Schweizer Käse, der Rest aber setzte die Verfolgung fort. Dutzende Schlangen wickelten sich um die Beine des Pferdes, bis es strauchelte und fiel. Prinz Tristan musste die Flucht zu Fuß fortsetzen und erreichte mit knapper Not die Stadt. Kreidebleich stürzte er in den Palast.

„Was ist passiert?" empfing ihn der König. Schreckensbleich erzählte Tristan, was ihm widerfahren war. Sein Vater hörte aufmerksam zu und kratzte sich nachdenklich am Bart. „So lange habe ich nach dieser Schlangenkrone gesucht! Zehn Jahre lang haben meine Kundschafter alle Länder der Erde durchstreift, doch nirgends war sie zu finden. Dabei hatte mir ein weiser Mann vor langer Zeit verkündet, dass die Schlangenkrone mir großes Glück verschaffen werde. Rasch, mein Sohn, zeige mir den Platz, wo du sie gesehen hast! Ich muss diese Krone haben!"

Der Prinz erschauerte. Nicht um alles in der Welt wollte er noch einmal dorthin zurückkehren, wo er durch seinen Leichtsinn fast den Tod gefunden hatte. „Vater!" bat er. „Lasst ab von Eurem Vorhaben! Bedenkt, in welche Gefahr Ihr Euch begebt. Ich selbst bin nur mit viel Glück dem Tode entronnen." Der König aber war so verblendet, dass er für die Warnungen seines Sohnes völlig taub war. „Wenn du nicht mitgehen willst", sagte er nur, „werde ich es allein versuchen." Damit gab er Befehl, sein schnellstes Pferd zu satteln, und ritt hinaus an den Bach. Er war aber kaum dort angekommen, als er sich einem riesigen Heer von Schlangen gegenübersah und entsetzt die Flucht ergriff.

Sein erster Versuch, die Schlangenkrone zu erringen, war kläglich gescheitert, doch noch gab sich der König nicht geschlagen. Er schickte seine besten Krieger hinaus, aber der Anblick der Schlangen ließ selbst die tapfersten Männer verzagen. Unverrichteter Dinge kehrten die Ritter zurück.

Der König jedoch war wie besessen. Er konnte an nichts anderes mehr denken und ging sogar so weit, im ganzen Land verkünden zu lassen, dass er demjenigen, der ihm die Schlangenkrone brächte, einen Teil seines Reiches geben würde. Nun lebte zu jener Zeit in einem abgeschiedenen Tal ein Ehepaar, das keine leiblichen Kinder hatte. Vor Jahren hatte der Mann im Wald ein kleines Mädchen gefunden und mit nach Hause genommen. Die guten

Leute nahmen es bei sich auf und liebten es, als ob es ihre leibliche Tochter wäre. So wuchs das Mädchen zu einer schönen jungen Frau heran. Sie war fleißig und fromm, und machte ihren Adoptiveltern alle Freude.

Eines Tages, als sie auf einem Berg die Schafe und Ziegen hütete, verlief sich ein Lamm im Gebüsch. Das Mädchen eilte hinterher und rief es, doch das dumme Tier blökte nur und lief immer weiter und weiter, bis sie es aus den Augen verloren hatte. Erschöpft gelangte das Mädchen an den Eingang einer Höhle. Vielleicht hat sich das Lämmchen dort hinein verirrt? dachte sie und trat ein, doch weit und breit war keine Spur von dem Tier zu sehen. Dafür erregte etwas anderes ihre Aufmerksamkeit: Am anderen der Höhle war seltsames Licht zu sehen, das eine geradezu magische Anziehungskraft auf das Mädchen ausübte. Neugierig ging sie tiefer in die Höhle hinein, doch merkwürdig: je weiter sie lief, desto weiter schien sich das Licht von ihr zurückzuziehen.

„Ich sollte besser umkehren", dachte das Mädchen, „sonst finde ich den Rückweg nicht mehr." Kaum aber hatte sie den ersten Schritt getan, tat sich der Boden unter ihren Füßen auf und sie schwebte langsam, ganz langsam, in eine tiefe Höhle hinab.

Lange fiel sie, sehr lange, doch endlich fühlte sie wieder festen Boden unter den Füßen und fand sich mitten in einem großen Gemach wieder. Staunend sah das Mädchen sich um. Was sie sah, ließ sie all ihre Furcht vergessen. An den Wänden funkelten die farbenprächtigsten Edelsteine, die gewölbte Decke bestand aus himmelblauem Marmor, und die goldenen Sterne daran bewegten sich wie am nächtlichen Firmament. Auf einer Seite des Gemaches aber stand eine grüne, blattförmige Schale, und darauf lag die

Schlangenkönigin mit ihrer herrlichen Krone. Das Mädchen war hin und hergerissen zwischen Staunen und Schrecken und konnte ihren Blick nicht von der Königin wenden. Die betrachtete ihre unerwartete Besucherin abschätzend; dem Mädchen schien es, als würden ihre prüfenden Blicke bis tief in ihr Herz dringen. Endlich stieß die regenbogenfarbige Königin einen Pfiff aus. Sofort glitten aus einer Öffnung zwei Schlangen: Eine von ihnen trug ein Halsband mit kostbaren Edelsteinen, die andere ein verschlossenes Kästchen in einem großen, diamantenbesetzten Ring. Sie näherten sich dem Mädchen und richteten sich vor ihr auf, als ob sie ihr die unschätzbar wertvollen Dinge geben wollten. Das Mädchen zögerte und blickte fragend auf die Schlangenkönigin. Die aber nickte ihr aufmunternd zu, ganz als ob sie sagen wollte: „Nimm, es soll dein sein!" Da ergriff sie die beiden Gaben, und im selben Moment befand sie sich wieder in der Höhle. Der Eingang lag nur wenige Schritte hinter ihr. Sie trat hinaus, eilte zu ihrer Herde zurück und trieb die Tiere nach Hause. Atemlos erzählte sie den Eltern, was passiert war und zeigte ihnen die Gaben der Schlangen. „Was ist denn in dem Kästchen?" fragte die Mutter. Das Mädchen senkte den Blick. „Das weiß ich nicht. Ich habe es noch nicht aufgemacht." – „Na worauf wartest du dann?" ermunterte sie der Mann. Wie aber staunten die guten Leute, als sie im Innern des Kästchens eine prächtige Diamantkrone fanden, die so hell glänzte wie die Mittagssonne. „Das ist eine Schlangenkrone!" rief der Mann fassungslos. „Komm, lass uns zum König gehen und ihm die Krone bringen." Gehorsam zog das Mädchen seine besten Kleider an. Das Halsband war viel zu klein für ihren Hals, also band sie es an ein Band und trug es als Kettenanhänger. So ging sie mit ihrem Vater zum Palast, wo sie sich beim König anmelden ließen.

„Wir bringen Euch die Schlangenkrone, die Ihr so lange gesucht habt", sprach der Mann. Dabei öffnete er das Kästchen, aus dessen Inneren es funkelte und gleißte wie der helle Tag. Der König klatschte vor Freude in die Hände und ließ sich ausführlich erzählen, wie sie zu der Krone gekommen waren. Während das Mädchen ihm alles berichtete, wurde der König immer nachdenklicher. Wieder und wieder schweifte sein Blick zu dem Bild seiner längst verstorbenen Gemahlin, um dann zu dem armen Mädchen zurückzukehren. Endlich ließ er eine Dienerin rufen und fragte sie: „Kennst du dieses Mädchen?" Die Alte aber hatte das Mädchen kaum erblickt, als sie ausrief: „Mein König! Das ist Eure Tochter, die man Euch als Kind geraubt hat! Seht doch: Dieses Halsband hat sie damals umgehabt! Und wie ähnlich sie Eurer Gemahlin sieht!"

Jetzt wusste das arme Mädchen in seiner Verwirrung gar nicht mehr, wie ihm geschah. Noch mehr aber staunte sie, als der Mann, den sie für ihren Vater gehalten hatte, erzählte, wie er sie vor vielen Jahren im Wald gefunden hatte. Der König aber erkannte endlich, was der weise Mann gemeint hatte: „Wie recht er hatte!" rief er. „Die Schlangenkrone hat mir das höchste Glück beschert: Ich habe meine Tochter wiedergefunden!" Mit Tränen in den Augen umarmte und küsste er das Mädchen. Dann ließ er ihr die schönsten Kleider anziehen und setzte ihr die Schlangenkrone aufs Haupt. Dem guten Mann aber, der das Mädchen wie eine Tochter aufgenommen hatte, schenkte er ein großes Stück Land und überhäufte ihn mit Ehren. Dann ließ er im ganzen Reich verkünden, dass die verloren geglaubte Prinzessin zurückgekehrt sei, und alle freuten sich mit ihm. Von nun an lebte der König mit seinen beiden Kindern glücklich und zufrieden, und wenn sie nicht gestorben sind ... aber das wisst ihr ja.

Kari Trästak – Das norwegische Aschenputtel

Im fernen Norwegen lebten einst ein König und eine Königin. Eine Prinzessin gab es natürlich auch – und was für eine! Schön war sie, und so sanftmütig und gut, dass sie von innen geradezu zu strahlen schien. Der König liebte seine Königin, und alle liebten die Prinzessin. Es waren wahrlich glückliche Zeiten – oh ja! Dann aber starb die Königin. Die Prinzessin weinte sich Tag und Nacht die Augen aus. Auch der König trauerte seiner verblichenen Gemahlin lange Zeit hinterher, und wer weiß, vielleicht wäre alles ganz anders gekommen, wenn ihm nicht seine Berater ständig in den Ohren gelegen hätten. „Ein König braucht eine Königin!" hielten sie ihm immer wieder vor. „Wie lange wollt Ihr noch trauern! Es wird Zeit, dass Ihr Euch eine neue Gemahlin sucht! Das Land braucht eine neue Königin, und Eure Tochter braucht eine neue Mutter!" Endlich wurde der König der ewigen Drängelei müde, und er verheiratete sich mit einer Königin-Witwe, die man ihm wärmstens empfohlen hatte und die er wahrscheinlich vor der Hochzeit nicht ein einziges Mal getroffen hatte, denn hätte er gewusst, was für ein bösartiges, garstiges Weib diese Dame war, so hätte er sie gewiss nicht geheiratet. Zugegeben, die Königin-Witwe war schön, aber das war auch schon alles. Noch schlimmer allerdings war ihre Tochter: So schön und gütig die Tochter des Königs war, so hässlich und bösartig war ihre neue Stiefschwester.

De neue Königin und ihre Tochter hassten die gutherzige Prinzessin, doch so lange der König zu Hause blieb, machten sie gute Miene und taten ganz freundlich. Dann aber musste der König in den Krieg ziehen. Ach, hätte er nur geahnt, welch schlimmes Schicksal seiner geliebten Tochter nun bevorstand, er wäre gewiss nicht fortgezogen! Kaum war er nämlich aus dem Haus, zeigten die Königin und ihre Tochter ihr wahres Gesicht. Die Königin ließ das unglückliche Mädchen hungern, schlug sie grün und blau und beschimpfte sie nach Strich und Faden. „Du taugst zu nichts anderem als zum Kühehüten!" schrie sie und jagte die arme Prinzessin aus dem Schloss. Von nun an musste die Königstochter jeden Morgen bei Wind und Wetter die Kühe hinaus in die Berge und Wiesen treiben. Essen bekam sie, wenn überhaupt, nur wenig. Mitleidig sahen die Diener der bleichen, hageren Gestalt hinterher, wenn sie beim Morgengrauen aus dem Schloss ging, und mitleidig begrüßten sie sie, wenn sie des Abends müde und mit rotgeweinten Augen zurückkehrte.

Zu der Herde gehörte auch ein prächtiger, blauer Stier, der die Königstochter ganz besonders ins Herz geschlossen zu haben schien. Zumindest kam er oft zu ihr und ließ sich den Kopf kraulen. Einmal, als sie wieder einmal unter einem Baum saß und sich die Augen ausweinte, trabte er zu ihr, sah sie mit klugen Augen an und fragte das Mädchen, warum sie denn immer so traurig wäre. Die arme Prinzessin war so müde und verzweifelt, dass sie sich nicht einmal darüber wunderte, dass der Stier plötzlich wie ein Mensch zu ihr sprach. Sie brachte kein Wort hervor, und begann nur noch stärker zu weinen. Da sagte der Stier zu ihr: „Ich weiß, was dir fehlt, auch wenn du es nicht sagen willst. Die Königin misshandelt dich und lässt dich fast verhungern. Aber sorge dich nicht mehr um Essen und Trinken, Liebes! In meinem linken Ohr liegt ein Tuch. Nimm es heraus – wenn du es ausbreitest, brauchst du nur zu sagen, was du haben willst, und es wird sogleich vor dir erscheinen." Zögernd tat die Prinzessin, wie ihr geheißen, breitete das Tuch auf dem Gras aus, und siehe da – da standen die herrlichsten Gerichte vor ihr, die man sich wünschen kann. Sogar Wein und Met und Honigkuchen fehlten nicht! Bei solch einer guten Kost dauerte es nicht lange, bis das Mädchen wieder zu Kräften kam. Sie blühte auf wie eine Rose, ihre Wangen füllten sich, und nach wenigen Monaten hatte sich der Hungerhaken in ein dralles Mädchen verwandelt. Die Königin und ihre rappeldürre Tochter wurden ganz grün vor Neid, als sie das sahen!

„Das kann nicht mit rechten Dingen zugehen!" sagte die böse Frau zu ihrer Tochter. „Das Miststück kriegt nichts als Wasser und Brot, und nun sieh sie dir an! Ich muss wissen, wer von den verräterischen Dienern ihr heimlich Essen bringt!" Gesagt, getan. Am nächsten Morgen, als die Königstochter die Herde hinaustrieb, schickte sie ihr eine ihrer Mägde hinterher. Die staunte nicht schlecht, als sie sah, wie die Königstochter das Wundertuch aus dem Ohr des Stieres nahm und es sich gutgehen ließ. Brühwarm erzählte sie alles der Königin, doch noch bevor diese handeln konnte, kehrte der König aus dem Krieg zurück. Das ganze Schloss freute sich – oder doch zumindest fast das ganze, denn der Königin und ihrer Tochter passte die Rückkehr des ungeliebten Gatten respektive Stiefvaters natürlich gar nicht. Die Königin, die vor Neid beinahe zerfressen wurde, stellte sich krank und bestach den Arzt, er solle behaupten, dass nur das Fleisch des blauen Stieres sie heilen könne. Vergeblich flehten die Königstochter und die Diener, man möge den herrlichen Stier verschonen. „Bedenkt, Majestät, einen solchen Stier gibt es im ganzen Königreich nicht!" mahnten die Berater. „Schaut ihn Euch an! Wollt Ihr solch ein Prachtexemplar wirklich opfern?" sagten seine Krieger, doch es war umsonst. Der König war seiner bösartigen Gemahlin regelrecht hörig. „Soll ich das Leben meiner Königin für ein Tier opfern?! Ich will nichts mehr davon hören!" rief der König. „Morgen wird er geschlachtet – und nun geht mir aus den Augen!"

Weinend eilte die Prinzessin hinunter in den Stall. „Die Königin stellt sich krank und hat den Doktor bestochen, zu sagen, dass nur dein Fleisch sie wieder gesund machen könne. Ach lieber Stier, was sollen wir nur tun? Vater hat befohlen, dich schon Morgen zu schlachten!"

Der Stier schüttelte nach Menschenart den Kopf und erwiderte: „Die Königin wird sich mit meinem Tod nicht zufrieden geben, sondern nicht eher ruhen, bis sie auch dich getötet hat. Wie müssen noch diese Nacht fliehen, sonst ist es um uns beide geschehen." Da jammerte die Königstochter noch mehr, denn sie liebte ihren Vater und wollte ihn nicht verlassen. Andererseits aber... „Noch schlimmer ist es, bei der bösen Stiefmutter zu bleiben. Ich komme mit dir."

Am Abend, als sich alle im Schloss schlafen gelegt hatten, schlich sich das Mädchen hinunter in den Stall. Der blaue Stier wartete bereits auf sie, nahm sie auf den Rücken und eilte mit ihr davon. Am nächsten Morgen war das Geschrei im königlichen Schloss natürlich groß. Der Herr König schickte sogar Boten in die ganze Welt hinaus, um nach seiner Tochter suchen zu lassen, doch die Prinzessin schien wie vom Erdboden verschluckt. Der Stier trabte unterdessen mit seiner Reiterin immer weiter und weiter, durch sieben Mal sieben Länder. Das Mädchen kam aus dem Staunen kaum heraus; der Stier aber tat so, als hätte er all das schon Dutzende Male gesehen.

Endlich erreichten sie einen wundersamen Wald, in dem alles – Bäume, Sträucher, Blätter und Blüten – aus Kupfer war. „Gib acht", ermahnte der Stier seine menschliche Freundin, „dass du nichts anrührst, sobald wir in den Wald kommen – nicht einmal ein Blättchen. Hier haust ein dreiköpfiger Troll, und der macht Kleinholz aus uns beiden, wenn er uns bemerkt!"

„Ich werd mich ganz stark vorsehen!" versprach die Prinzessin erschrocken. Vorsichtig, ganz vorsichtig betraten sie den Wald. Die Prinzessin gab sich zwar alle Mühe, ja kein Blättchen zu berühren, aber selbst eine Maus hätte diesen dichten Wald nicht durchqueren können, ohne ein paar Blätter zu berühren. Ehe sie es sich versah, hielt die Prinzessin ein Blatt des Zweiges, den sie gerade zurückgebogen hatte, in der Hand.

„Oh weh! Was machst du denn da!" rief der Stier. „Jetzt muss ich mich mit dem Troll auf Leben und Tod schlagen. Aber wenn du das Blatt schon mal abgerissen hast, dann heb es nur gut auf!" Von diesem Moment an ging es schneller vorwärts, denn jetzt mussten sie ja keine Rücksicht mehr nehmen. Justamente als sie den Waldrand erreichten, kam der dreiköpfige Troll herangebraust und schnaubte wütend: „Wer hat meinen Wald angerührt?" – „Der Wald gehört mir ebenso wie dir", entgegnete der Stier kühl und versetzte so den Troll nur noch mehr in Wut. „Das wollen wir ausmachen!" schrie der Finsterling. „Bin dabei!" entgegnete der Stier, und los ging's. Einen ganzen Tag rannten die beiden gegeneinander an. Der Stier stieß und

schlug mit allen Kräften, aber der Troll stand ihm in nichts nach. Erst am Abend gelang es dem Stier, ihn endlich zu bezwingen, doch der Kampf hatte seine Spuren hinterlassen. Der tapfere Stier blutete aus mehr als einem Dutzend Wunden und war so erschöpft, dass er nicht mehr laufen konnte. Einen ganzen Tag musste er ausruhen, ehe er sich wieder halbwegs berappelt hatte. „Nimm das Salbenhorn vom Gürtel des Trolls", gebot der Stier der Prinzessin, „und reibe mich mit der Salbe ein." Die Salbe war natürlich, wie ihr euch sicher denken könnt, keine gewöhnliche Salbe, sondern eine Wundersalbe, denn kaum hatte die Prinzessin ihren treuen Freund damit eingerieben, heilten die Wunden wie von selbst. So konnten sie am nächsten Morgen ihre Reise fortsetzen. Wieder zogen sie durch sieben Mal sieben Länder, bis sie schließlich einen silbernen Wald erreichten. Dessen Möchtegern-Besitzer war ein sechsköpfiger Troll, mit dem sich der Stier schlagen musste, nachdem die Prinzessin auch hier versehentlich ein Blatt abgerissen hatte. Dass der Stier darüber alles andere als erfreut war, wundert euch bestimmt nicht, denn der Troll hatte nicht nur drei Köpfe mehr als sein Kollege, sondern war auch doppelt so groß und mindestens doppelt so mies gelaunt. Drei Tage lang kämpfte der Stier wacker gegen ihn an, bis er den Fiesling endlich bezwingen konnte. Danach fühlte er sich so elend und schwach, dass er sich kaum noch rühren konnte.
Wieder versorgte ihn die Königstochter mit einer Wundersalbe aus dem Salbenhorn, das auch dieser Troll bei sich trug, ein, und wieder heilten die Wunden wie von Zauberhand. Die verlorenen Kräfte aber konnte auch die Salbe nicht ersetzen. Eine ganze Woche lang rasteten sie nun schon am Waldrand, ehe der Stier sich endlich in der Lage

fühlte, weiterzuziehen. Seine alte Stärke hatte er jedoch noch längst nicht zurückgewonnnen. „Ich bin jung und gesund und kann auch gut zu Fuß gehen", sagte die Königstochter mitleidig. „Du musst dich schonen, mein Freund!" Der Stier aber bestand darauf, dass sie sich auf seinen Rücken setzte.

Wieder reisten sie eine lange Zeit; die Prinzessin hätte mittlerweile nicht einmal mehr zu sagen gewusst, wie viele Länder sie schon durchquert hatten. Endlich erreichten sie einen goldenen Wald. „Tu mir bitte einen Gefallen, und berühre diesmal wirklich kein einziges Blatt!" bat der Stier, bevor sie den Wald betraten. „Der hiesige Troll hat neun Köpfe und ist um vieles stärker als die anderen beiden. Ich fürchte, mit diesem werde ich nicht mehr fertig werden." Nun, was folgte, könnt ihr euch denken. Der Wald war dicht, viel dichter noch als der silberne. So sehr sich die Prinzessin auch vorsah, konnte sie doch nicht verhindern, dass sie einen Apfel abriss.

Der Troll des Waldes war nicht weniger cholerisch als seine Artgenossen und schnaubte heran, kaum dass sie den Waldrand erreichten. Halb wahnsinnig vor Angst musste die Prinzessin zusehen, wie ihr lieber Freund sich in den Kampf auf Leben und Tod stürzte. Ihr lieber, mutiger, blauer Stier bohrte dem Troll die Augen aus dem Kopf, aber selbst als er ihm die Hörner in den Leib bohrte, so dass die Eingeweide herausquollen, kämpfte der Troll weiter. Wie das möglich war, fragt ihr? Ganz einfach: Sobald der Stier einen Kopf getötet hatte, hauchten ihm die anderen Köpfe wieder Leben ein. Erst nach einer Woche gelang es dem Stier endlich, alle Köpfe so rasch hintereinander zu töten, dass es aus war mit dem Troll. Danach fühlte er sich jedoch so schwach und elend, dass er noch nicht einmal mehr der

Königstochter sagen konnte, sie solle die Wundersalbe holen. Die war zum Glück schon selbst auf diesen Gedanken gekommen und rieb den Stier damit ein. Die tiefen Wunden, die er im Kampf empfangen hatte, schlossen sich zwar daraufhin; dennoch dauerte es drei Wochen, ehe er wieder aufstehen konnte. Die Prinzessin bat ihren gehörten Freund zwar, er solle sich noch schonen, aber der Stier antwortete nur, sie müssten noch etwas weiter ziehen. Aus dem „etwas weiter" wurde eine wochenlange Reise durch dichte Wälder und hohe Berge. Endlich erreichten einen Felsen. Hier fragte der Stier die Prinzessin, ob sie etwas sehen könne. „Nein", erwiderte sie. „Ich sehe nichts als den Himmel und ein paar Felsen." Sie zogen nun durchs Gebirge. Als die Gegend etwas flacher wurde, fragte der Stier erneut, ob sie etwas sehen könne. Die Prinzessin kniff die Augen zusammen und starrte angestrengt in die Ferne. „Ja", meinte sie nach einer Weile. „Ich sehe weit voraus ein kleines Schloss." – „Nun, klein ist das Schloss gerade nicht", meinte der Stier bedeutungsvoll.

Wieder zogen sie weiter, bis sie zu einem großen Gehege mit einer schroffen Felswand kamen. „Siehst du jetzt etwas?" – „Ja, jetzt ist das Schloss nicht mehr weit", sagte die Prinzessin. „Gütiger Himmel, das ist ja riesig!" Der Stier nickte wissend. „Jetzt sind wir am Ziel! Gleich unten beim Schloss ist ein Schweinestall. Dort findet du einen hölzernen Rock. Den musst du anziehen. Dann gehst du ins Schloss, sagst, du heißt Kari Trästak (Holzrock) und bittest um einen Dienst."

Ein Rock aus Holz? Die Königstochter rutschte unbehaglich hin und her. So etwas Unbequemes! Andererseits hatten sich die Ratschläge ihres wundersamen Freundes bisher immer als gut herausgestellt. Warum sollte es

diesmal anders sein? Doch der Stier war nicht fertig. Der Prinzessin stellten sich die Nackenhaare auf, als er fortfuhr: „Jetzt musst du mir mit deinem Messer den Kopf abschneiden. Dann streife mir das Fell ab, lege das kupferne und das silberne Blatt und den goldenen Apfel hinein und verstecke alles unten bei der Felswand. Dort am Berg steht ein Stock; wenn du nachher etwas von mir willst, dann klopfe mit dem Stock an die Felswand."
„Aber ich kann dich doch nicht...." begann die Prinzessin. „Doch, du kannst – und du musst, oder es war alles umsonst! Und ich habe jedes Recht, diesen Dienst von dir zu fordern – nach alldem, was ich für dich getan habe." Die Prinzessin weinte und flehte, doch der Stier blieb unnachgiebig. Es brach dem sanftmütigen Mädchen fast das Herz, ihrem liebsten Freund den Kopf abzuschneiden. Nachdem sie alles getan hatte, was der blaue Stier ihr aufgetragen hatte, blieb sie wie betäubt sitzen. Stundenlang starrte sie aus rotgeweinten Augen auf ihre blutbeschmierten Händen. Ab und zu schweifte ihr Blick zu dem blutigen Mordwerkzeug neben ihr, und kehrte dann wieder auf ihre Hände zurück. Sie verabscheute sich selbst für ihre Tat, und doch...
Endlich raffte sie sich auf, ging mit schleppenden Schritten zu dem Schweinestall, zog den Holzrock an und schleppte sich traurig zum Schloss. Dort stellte sie sich als Kari Trästak vor und bat um einen Dienst. „Das trifft sich gut", sagte der Koch. „Vor kurzem ist die Magd, die im Schloss aufwaschen und saubermachen sollte, davongelaufen, und wir haben noch keinen Ersatz gefunden. Du kannst ihre Aufgaben übernehmen, nur fürchte ich, wirst du des Ganzen auch bald überdrüssig werden und davonlaufen." Dabei musterte er das seltsame Mädchen skeptisch. „Nein,

das tue ich ganz gewiss nicht!" sagte die Prinzessin entschieden.

Tatsächlich hatte man im Schloss keinen Grund, zu bereuen, sie in Dienst genommen zu haben, denn die neue Magd erwies sich als ordentlich und gewissenhaft. Eines Sonntags, als man Fremde erwartete, bat Kari um Erlaubnis, dem Prinzen das Waschwasser heraufbringen zu dürfen. „Was willst du denn bei dem Prinzen?" lachten die Anderen. „Meinst du, er will mit solch einem Lumpending wie dir etwas zu tun haben? Schau dich doch an!" Kari aber ließ sich von dem Spott nicht abschrecken und bat so lange, bis man es ihr erlaubte. Nun hatte sie aber immer noch ihren Holzrock an, und der klockerte bei jedem Schritt an die Treppe. Neugierig steckte der Prinz den Kopf aus der Tür. Als er das zerlumpte Ding mit dem Holzrock sah, fragte er pikiert: „Was bist du denn für eine?" – „Oh", erwiderte Kari, „ich wollte nur das Waschwasser für den Prinzen herauftragen." – „Was willst du?" Der verwöhnte Prinz wusste nicht, ob er das unverschämte Ding schlagen oder über so viel Dummheit lachen sollte. „Glaubst du denn, ich will das Wasser haben, das du bringst?" Damit riss er ihr die Schüssel aus der Hand und goss ihr das Wasser über den Kopf. Während der Prinz lachend wieder in seinem Zimmer verschwand, stand Kari wie ein begossener Pudel auf der Treppe und kämpfte mit den Tränen. Endlich gab sie sich einen Ruck. Prinz hin oder her – der Bursche hatte einen Denkzettel verdient.

Die anderen begrüßten ihre Rückkehr mit deftigem Spott, aber Kari reagierte gar nicht darauf, sondern bat nur, man möge ihr erlauben, in die Kirche zu gehen. Nun, dagegen gab es nichts einzuwenden. Bevor sie jedoch zur Kirche ging, wendete die Prinzessin ihre Schritte zu der Felswand, klopfte mit dem Stock dagegen, und – oh Wunder – die Felswand öffnete sich und ein Mann trat heraus. „Was willst du von mir?" fragte er. „Ich habe die Erlaubnis bekommen, den Gottesdienst zu besuchen, aber mit diesen Kleidern kann ich unmöglich in die Kirche gehen", erwiderte Kari. Der Mann nickte lächelnd. „Das ist wohl wahr! Wollen mal sehen, was wir da für dich haben." Wenige Minuten später stand ein herrliches Ross bereit – inklusive prunkvollem Sattel, versteht sich. Und das Kleid erst! Es war so glänzend wie der kupferne Wald! Dass die Leute in der Kirche diesmal kein bisschen auf den Priester achteten, könnt ihr euch vorstellen. Dass der gottesfürchtige Mann darüber keineswegs erfreut war, ebenfalls. Am schlimmsten aber war es um den Prinzen bestellt: Kein Auge konnte er von der fremden Schönheit abwenden.

Als die Kirche zu Ende war und sie gehen wollte, eilte der Prinz ihr hinterher und machte die Kirchentür hinter ihr zu. War es Zufall, oder war es Absicht? Sei es, wie es sei, auf jeden Fall hielt er plötzlich einen ihrer Handschuhe in der Hand. Wie verzaubert starrte Hoheit auf den schneeweißen Schatz, und hätte dabei beinahe Karis Abreise verpasst. Schon saß sie im Sattel, als er eilends auf sie zutrat und mit klopfendem Herzen fragte, wo sie her stamme. „Ich bin aus dem Waschland", erwiderte die Fremde zu seinem Erstaunen. Verwirrt zog der Prinz den Handschuh hervor, um ihn ihr zu überreichen, doch noch ehe er sich besinnen konnte, sprach Kari:

> *„Hinter mir dunkel, und vor mir hell!*
> *Auf dass der junge Prinz nicht sieht,*
> *Wohin mich trägt mein Ross so schnell!"*

Da stand er nun, der arme Prinz, und starrte auf den Handschuh – die einzige Erinnerung an die wunderschöne

Fremde, die ihn mit ihrer Anmut bezaubert hatte. Im ganzen Land ließ er nach ihr suchen, aber niemand hatte sie gesehen, niemand konnte ihm sagen, wer sie war.

Eine Woche verstrich. Wieder kam der Sonntag heran, und einer sollte hinaufgehen, um dem Prinzen ein Handtuch zu bringen. Wieder bat Kari, man möge es ihr erlauben, wieder wurde sie ausgelacht, und wieder setzte sie ihren Kopf durch. Als sie die Treppe hinaufging, klockerte der Holzrock natürlich an die Stufen, was den Prinzen auf den Plan rief. Kaum hatte er das zerlumpte Ding gesehen, riss er ihr das Handtuch aus der Hand und warf es ihr mit den Worten: „Pack dich, du abscheuliches Trollweib!" um den Kopf. „Glaubst du, ich will mich mit einem Handtuch abtrocknen, das du mit deinen schmutzigen Fingern angefasst hast?"

Danach bat Kari in der Küche um Erlaubnis, in die Kirche gehen zu dürfen. „Aber das geht doch nicht!" wehrten die anderen ab. „Schau dich doch an! Dein Holzrock ist so schmutzig, das schickt sich doch nicht!" Kari aber erwiderte: „Der Prediger ist solch ein wackerer Mann, er wird gewiss darüber hinwegsehen. Außerdem wäre es doch gut für mein Seelenheil, wenn ich seiner Predigt beiwohne, oder?" Das mussten auch die anderen zugeben.

Natürlich dachte die Prinzessin nicht einmal daran, in ihrem gruseligen Holzrock in der Kirche zu erscheinen, sondern ließ sich an der Felswand mit einem herrlichen Silberkleid ausstatten. Das Pferd erhielt eine silberne Decke und silbernes Zaumzeug, wie es eine Königin nicht schöner haben konnte. Die Kirchenbesucher staunten mit offenen Mündern, als sie die Fremde heranreiten sahen. Am aufgeregtesten aber war der Prinz. Eilfertig trat er hinzu, um ihr Pferd zu halten. Kari aber sprang schnell herunter, und sagte, das sei nicht nötig. „Mein Pferd gehorcht mir auf jeden Wink", sagte sie kokett und betrat die Kirche, wo der unglückliche Prediger im folgenden vergeblich versuchte, mit salbungsvollen und mahnenden Worten seine Schäfchen zu erreichen, denn alle hatten nur Augen für die bezaubernde Fremde. Nach dem Gottesdienst eilte der Prinz ihr hinterher und fragte erneut, woher sie käme. „Ich bin aus dem Handtuchland", erwiderte die Prinzessin kokett und ließ ihre Reitgerte fallen. Kaum bückte sich der Prinz, um sie aufzuheben, sagte Kari ihr Sprüchlein auf:

> *„Hinter mir dunkel, und vor mir hell!*
> *Auf dass der junge Prinz nicht sieht,*
> *Wohin mich trägt mein Ross so schnell!"*

und war verschwunden. Verzweifelt ritt der arme Prinz im Reich umher, doch niemand, den er fragte, hatte je vom Handtuchland gehört. Ganz geknickt kehrte er schließlich ins Schloss zurück und wartete voller Hoffen und Bangen auf den Sonntag. Vielleicht erschien dann ja auch die geheimnisvolle Fremde wieder? Diesmal, so nahm er sich vor, würde sie ihm nicht entwischen!

Der Sonntag kam, und Kari bat, man möge ihr erlauben, den Kamm zum Prinzen hinaufzutragen. „Hast du denn noch nicht genug?" hielt man ihr vor. „Zweimal hat der Prinz dir schon eine Lektion erteilt! Schau dich doch an, wie schmutzig und hässlich du bist!" Kari aber bat so lange, bis man sie endlich gehen ließ. Wieder klockerte ihr Rock gegen die Treppe, wieder stürmte der Prinz erbost aus seinen Gemächern und warf den Kamm um den Kopf. Anschließend bat Kari die Anderen um Erlaubnis, in die Kirche gehen zu dürfen.

„Aber wo denkst du hin!" riefen sie entsetzt. „Schau dich doch an! Du bist so hässlich und schwarz, was willst du dort! Du hast ja nicht einmal anständige Kleider. Wenn dich der Prinz oder sonst jemand von den Herrschaften bemerkt, fällt der Ärger auf uns zurück!" – „Oh, ich glaube nicht, dass mich jemand bemerken wird", gab Kari zurück. „Die Leute haben nach etwas anderem zu sehen als nach mir." Damit hatte sie unbestritten Recht.

Diesmal erschien Kari in einem golddurchwirkten Kleid, das über und über mit Diamanten besetzt war. Das Pferd trug eine goldene Decke, ja selbst am Sattel glitzerte und funkelte es. Niemand hörte dem Prediger zu, und was den Prinzen anging – nun, um den war es jetzt endgültig geschehen. Er ahnte natürlich, dass die Fremde wieder ihr Sprüchlein aufsagen und verschwinden würde, aber auch ein Prinz kann lernfähig sein – manchmal zumindest. Als seine Angebetete nach dem Gottesdienst aus der Kirche treten wollte, kippte er rasch eine zuvor bereitgestellte Bütte voll Teer in der Vorhalle um. Dann sprang er rasch hinzu, um sie herüber zu heben. Auf diese Weise kann ich sie festhalten, dachte er. Das war in der Tat ein guter Plan. Er hatte nur einen Haken: Kari kümmerte sich nicht um den Teer, sondern setzte einen Fuß hinein und sprang hinüber. Dabei blieb allerdings einer ihrer goldenen Schuhe im klebrigen Teer stecken. „Ich bin aus dem Kammland", beantwortete sie die Frage des Prinzen. „Ihr habt Euren Schuh verloren, holde Dame", flötete der verliebte Prinz und bückte sich, um das kostbare Stück aus dem schwarzen Teer zu ziehen. Kari aber sagte ihr bewährtes Sprüchlein auf und verschwand. Alles, was dem Prinzen von der Frau seiner Träume geblieben war, war ein zierlicher goldener Schuh. Nur eine einzige Person konnte solch einen Schuh tragen, sagten seine Berater. So ließ der Prinz ein Pferd satteln und ritt in die Welt hinaus, um das Kammland und seine Herzensdame zu suchen. Doch wohin er auch kam, niemand wusste, wo dieses seltsame Land liegen könne. Schließlich gab er bekannt, dass er Diejenige, welcher der goldene Schuh passte, heiraten wolle. Na da hättet ihr den Ansturm aufs Schloss sehen sollen! Von überall her kamen sie herbeigeeilt: die Schönen und Hässlichen, Großen und Kleinen, Dicken und Dünnen, aber keiner von ihnen passte der Schuh auch nur annähernd. Endlich kam auch die böse Stiefmutter mit ihrer Tochter. Letztere steckte ihren Fuß in den Schuh, und – oh Schreck – der vermaledeite Goldschuh passte! Der arme Prinz fiel fast in Ohnmacht, denn während Prinzessin mit der Zeit immer schöner geworden war, war ihre Stiefschwester immer hässlicher und zänkischer geworden. Aber ein Prinz hatte nicht nur Rechte, sondern auch Pflichten, und die vornehmste Pflicht eines Prinzen war, sein Wort zu halten. Wohl oder übel, er musste dieses ... dieses Ding da heiraten. So wurde die Hochzeit vorbereitet. Als jedoch die Braut zur Kirche ritt, flatterte ein kleiner Vogel heran und sang:

> *„Ein Stück von der Ferse,*
> *Ein Stück von der Zeh!*
> *Kari's Schuh ist voll Blut,*
> *Das tut der Braut so weh."*

Alles starrte wie gebannt auf den Fuß der Braut. Tatsächlich, da quoll Blut heraus! Mit Schimpf und Schande wurde die Betrügerin davongejagt. Nun stand der Prinz also wieder da – glücklich unverheiratet, doch auch ohne rechte Braut. Was tun? „Lasst doch die Dienerinnen den Schuh anprobieren!" riet ihm der Koch. Ob er es Ernst meinte, weiß ich nicht. Der Prinz jedenfalls war verzweifelt genug, es auszuprobieren. Schon hatten alle Weibspersonen im Schloss den Schuh probiert, aber keiner von ihnen passte das verdammte Ding.

„Wo steckt denn Kari Trästak?" fragte endlich der Prinz, denn sie war die Einzige, die noch übrig geblieben war. „Ach die!" sagten die anderen. „Die hat Beine so groß wie Pferdefüße!" – „Kann sein!" sagte der Prinz, dem endlich ein Licht aufging. „Ich will sie trotzdem sehen. – Kari!" rief er zur Tür hinaus. Und Kari kam in ihrem Holzrock herangerasselt. Der Prinz hielt ihr den Schuh hin und sprach sehr sanft: „Nun sollst auch du den Schuh anprobieren und Prinzessin werden!" Die anderen Damen lachten. „Der Scherz ist gut, Eure Majestät!" kicherten sie und spotteten. Kari aber blickte den Prinzen an, und der blickte sie an, und beide lächelten wissend. Dann steckte Kari ihr Füßchen in den Schuh, und – welch Wunder – er passte wie angegossen. Ein rascher Handgriff, der Holzrock fiel, und Kari ... Kari stand im goldenen Kleid da.
Überglücklich schloss der Prinz sie in die Arme und küsste sie. Als er auch noch erfuhr, dass sie keine Magd, sondern eine Königstochter war, da freute er sich noch mehr, und nun endlich wurde Hochzeit gehalten.

Die verjagte Sultanstochter – Ein Märchen aus dem Seraj

Es war einmal, vor langer, langer Zeit, ein Padischah, der hatte eine Tochter. Sie war sein einziges Kind, daher hütete er sie wie seinen Augapfel und ließ sie nicht einen einzigen Moment von seiner Seite. Als das Mädchen vierzehn Jahre alt war, sagte er zu ihr: „Mein Kind, was wünschst du dir von mir?" Der Padischah erwartete einen der üblichen

Wünsche, für die verwöhnte Prinzessinnen gemeinhin bekannt sind: ein Palast aus Gold und Edelsteinen, einen Garten mit Diamantbrücke und ähnlichen protzigen Glitzerkram. Diese Prinzessin aber war anders – ganz anders. Sie sagte: „Mein Vater, möge Mutter mir die Waschschüssel halten und du mir das Wasser aus der Kanne hineingießen, auf dass ich jeden Morgen, wenn ich aufstehe, mir Gesicht und Hände waschen kann."

„Waaaaas?" schrie der Padischah, während sein Gesicht eine gefährlich rote Farbe annahm. „Was sagst du da, du Unverschämte! – Wache!!!! Schafft mir diesen undankbaren Balg aus den Augen und schlagt ihr den Kopf ab!"

Die Wachen nahmen das Mädchen mit sich, brachten es jedoch nicht übers Herz, sie zu töten, sondern setzten sie stattdessen auf einem Berggipfel aus. Selber schuld, denkt ihr jetzt bestimmt. Warum hat das verwöhnte Gör' auch einen solchen unverschämten Wunsch geäußert? Doch urteilt nicht so vorschnell! Wartet noch ein Weilchen, und ihr werdet sehen, dass der seltsames Wunsch unserer Prinzessin nicht vermessen, sondern im Gegenteil überaus klug war. Sie war überhaupt ein äußerst ungewöhnliches Mädchen, die kleine Sultanstochter. Die Wachen hatten ihr etwas Proviant zurückgelassen und sie dann Allahs Führung empfohlen. Da stand sie nun, einsam und verlassen, und wusste nicht wohin. Andere Mädchen wären an ihrer Stelle vielleicht vor Verzweiflung gestorben. Nicht aber unsere Prinzessin: Nachdem sie den ersten Schock überwunden hatte, fasste sie sich ein Herz und machte sich mutig auf den Weg. Wohin, wusste sie selbst nicht, aber alles war besser, als hier oben auf dem zugigen Gipfel auszuharren. Sie wanderte über Bergeshöhen, durchquerte tiefe Täler und endlose Ebenen, bis sie auf einen Berg kam, auf dessen Gipfel sie einen merkwürdigen Seraj fand. Was daran merkwürdig war, wollt ihr wissen? Ganz einfach: Er drehte sich auf einem riesigen Hahnenfuß!

Das Mädchen trat ein, aber wer auch immer hier wohnte, er schien gerade nicht Zuhause zu sein. Lange konnte er jedoch noch nicht fort sein, denn in der Küche hing ein frisch geschlachtetes Schaf. „Das wird doch gewiss jemand essen wollen!" dachte die Prinzessin und machte sich ganz unprinzessinnenhaft ans Werk. Sie zerteilte das Schaf, schürte den Ofen an, briet das Fleisch und legte es in einen Topf. Während das Essen garte, füllte sie das Mangal an, bereitete den Kaffeesieder vor, deckte den Tisch, und ... um es kurz zu machen: Die Prinzessin erwies sich als perfekte Hauswirtschafterin.

Als der Abend hereinbrach, versteckte sich das Mädchen und wartete auf die Rückkehr des Hausbewohners. Ihre Geduld wurde auf keine lange Probe gestellt, denn bald öffnete sich die Tür und herein trat ein Wesen, das war halb Mensch und halb Dew. Bei seinem Anblick rutschte dem Mädchen das Herz in die Füße, denn sie hatte schon alles Mögliche über die Dews gehört, und nichts davon war gut.

Der Dew, der natürlich nichts von ihrer Anwesenheit ahnte, ging geradewegs in die Küche und staunte nicht schlecht, als er sah, dass das Schaf schon fertig gebraten und angerichtet war. Er begab sich in sein Zimmer, wo er im Mangal schon ein lustiges Feuer brennen sah, und selbst der Kaffee und die Pfeife waren vorbereitet. Der alte Dew – denn er war schon sehr alt – weinte fast vor Dankbarkeit und wünschte demjenigen, der ihm dieses Geschenk bereitet hatte, Glück und Segen. Dann setzte er sich nieder, aß, zündete seine Pfeife an und ließ sich den dunklen Kaffee schmecken. Dabei dachte er darüber nach, wem er diese wohltuende Überraschung zu verdanken habe. „Wer auch immer es getan hat", sagte er halblaut in die tiefer werdende Dämmerung, „Wenn es ein männliches Wesen ist, so soll er mein Sohn sein, und ist's ein weibliches Wesen, so will ich sie als meine Tochter aufnehmen. Wer du auch sein magst, komm nur hervor, ich werde dir kein Leid antun."

Als das Mädchen das hörte, kroch sie zaghaft aus ihrem Versteck und näherte sich dem Dew. Der Alte sah sie voller Güte und Dankbarkeit an und sprach: „Oh mein Kind, gesegnet sei dein Kommen! Sag, wer bist du, woher kommst du und wohin führt dich dein Weg?" Das Mädchen antwortete: „Ich habe niemanden auf der Welt und weiß nicht, wo ich hin soll. Ich habe mich im Gebirge verlaufen und deinen Seraj gesehen, und – ja, da bin ich eingetreten." Da sprach der Dew: „Mein Kind, so bleibe bei mir als meine Tochter, denn siehe, auch ich habe Niemanden auf der Welt. Dieser Seraj soll dir gehören; verrichte nur deine Arbeit und geh dann spazieren oder unterhalte dich, bis der Abend hereinbrach." Da fasste das Mädchen Zutrauen zu dem alten Dew und setzte sich zu ihm. Sie unterhielten sich noch eine Weile, dann legten sie sich zur Ruhe.

Am Morgen standen sie auf, tranken Kaffee, und nach dem Frühstück und der obligatorischen Pfeife sagte der Dew: „Mein Kind, ich gehe jetzt fort, hier hast du die Schlüssel. In dem Zimmer dort findest du einen Araber. Zu dem sage: „Dady, mein Oberkleid ist schmutzig geworden, gib mir reine Wäsche". Dann wird er dir reine Wäsche geben; zieh sie an und ruhe dich aus." Damit ging der Dew fort.

Das Mädchen tat, wie ihm geheißen. Der dienstbare Geist brachte ihr ein Bündel Weißwäsche, und die Prinzessin kleidete sich hübsch an. Der Araber, der das mit Wohlgefallen beobachtet hatte, sagte nun: „Liebes Fräulein, wenn du dich langweilst, so gehe im Garten spazieren." Das tat das Mädchen denn auch. Wie aber staunte sie, als sie im Wasserbecken eine Ente sah, deren Flügel und Kopf aus funkelnden Diamanten bestanden. Als die Ente das Mädchen erblickte, schrie sie: „Oh du Unverschämte, bist du hergekommen, um mir meinen Schehzade wegzunehmen!" Dabei flatterte das dumme Tier so aufgeregt, dass ihm ein Flügel abbrach. Das Mädchen erschrak furchtbar. „Oh weh, wenn mein Dew-Vater das erfährt, bringt er mich um!" dachte sie und eilte in den Seraj zurück, um voller Furcht auf die Rückkehr des Dew zu warten.

Als der Abend hereinbrach, erschien der Herr des Seraj. Sie setzten sich zusammen, aßen und tranken – der Dew mit sichtlichem Appetit, das Mädchen mit klopfendem Herzen. Erst als sie bemerkte, dass der Dew nichts von dem Unfall der Ente zu wissen schien, legte sich ihre Angst. Am nächsten Morgen sagte der Dew wieder zu ihr: „Mein Kind, geh und lass die vom Dady frische Wäsche geben." Das tat das Mädchen denn auch, und sie ließ sich vom Araber auch wieder in den Garten hinabschicken. Kaum hatte die verrückte Ente sie gesehen, schrie sie abermals: „Hast dich herausgeputzt, du Flittchen, um mir meinen Schehzade wegzunehmen!" Und hast du nicht gesehen, brach auch der zweite Flügel ab. Am dritten Tag regte sich das Mistvieh so auf, dass ihm endlich auch der Kopf abbrach, aber damit war der Plagegeist noch lange nicht erledigt. Im Gegenteil: Jeden Tag, wenn das Mädchen in den Garten kam, begann die mittlerweile reichlich verstümmelte Ente zu toben, und jeden Tag brach ein Teil von ihr ab, bis endlich gar nichts mehr übrig war.

Nun wollt ihr aber auch sicher wissen, wer die Ente war, richtig? Nun – diese Ente war die leibliche Tochter des Dew. Ein Prinz hatte sich in sie verliebt und ließ ´sich gegenüber ihres Gartens einen Kiosk erbauen, um sie von nun an täglich zu beobachten. Das war der Dew-Tochter allerdings gar nicht recht. Andererseits wollte sie aber auch nicht auf ihren geliebten Garten verzichten. Also verwandelte sie sich in eine Ente und schwamm in dieser Gestalt munter und vergnügt im Wasserbecken umher, während der Jüngling vergeblich darauf wartete, dass sie sich seiner erbarmte. So war der Prinz denn auch Zeuge jener Szenen geworden, die sich seit der Ankunft des fremden Mädchens Tag für Tag abspielten. Dass sie eine Prinzessin war, konnte er nicht ahnen, wohl aber sah er, dass sie viel schöner war als die Dew-Tochter. Und so war es kein Wunder, dass die Ahnung der eifersüchtigen Ente tatsächlich in Erfüllung ging: Der Prinz verliebte sich in die Prinzessin. Die wiederum ahnte nichts von dem heimlichen Beobachter, und noch weniger wusste sie, wer die verrückte Ente gewesen war. Sie hatte nur furchtbare Angst, dass ihr Dew-Vater sie wegen der Ente töten würde, wenn er etwas erfuhr. Aber die Tage vergingen, und der Dew verhielt sich so freundlich zu ihr wie immer. Dennoch sorgte sich das Mädchen jeden Morgen, wenn er fortging, jemand könnte ihm vom Tod der Ente erzählen.

Unterdessen ging ihr heimlicher Verehrer zu seinem Vater und sprach: „Mein Schah und Vater, dort und dort wohnt ein Dew, der hat eine wunderschöne Tochter, in die ich mich unsterblich verliebt habe. Bitte ihn, sie mir zur Frau zu geben, oder ich bringe mich um!" Was blieb dem Padischah anders übrig, als dem Dew einen entsprechenden Brief zu schreiben – schließlich wollte er seinen Sohn nicht verlieren. Der Dew las den Brief und antwortete dem Boten folgendes: „Sage deinem Herrn, dass ich ihm sehr gerne meine Tochter gebe, doch eine Aussteuer darf er nicht von mir verlangen, denn ich bin arm. Wenn er auf diese Bedingung eingeht, so möge er nächste Woche zur Verlobung kommen. Doch soll er nicht mehr als 1000 Leute mitbringen, denn bei meiner Armut kann ich keine größeren Feiern ausrichten."

Der Padischah war erleichtert, als er die Antwort des Dew vernahm. Wenn's weiter nichts war... Tausend Gäste waren zwar nicht viel, aber das würde er seinem Sohn zuliebe verkraften können.

Am Morgen des Verlobungstages gab der Dew dem Mädchen etliche Schlüssel und sagte freundlich: „Mein Kind, nimm diese Schlüssel, sperr das Zimmer dort auf und klatsche in die Hände. Erschrick nicht, wenn darauf viele Sklaven erscheinen werden."

„Viel" war noch eine harmlose Untertreibung. Ein ganzes Heer von Sklaven kam ihr entgegen, küsste den Saum ihres Kleides und fragte dann den Dew nach seinem Begehr. Der teilte jedem eine Arbeit zu und alles wuselte durcheinander, um die Feierlichkeiten vorzubereiten. Kaum war alles vollendet, erreichte der Padischah mit seinem tausendköpfigen Gefolge den Seraj, und es wurde die Verlobung abgehalten. Als der Padischah sich zum Gehen anschickte, sprach der Dew: „Oh mein Padischah, an jenem und jenem Tag kommt, um die Braut zu holen, doch schickt nicht mehr als 500 Wagen für die Ausstattung, denn mehr kann ich zur Zeit nicht geben." Dann ließ er jedem der tausend Gäste ein kostbares Kleid überreichen. - Soviel zum Thema „Armut".

Nach einer Woche schickte der Padischah die 500 Wagen zum Abtransport der Aussteuer, er selbst aber kam mit einer Kutsche, um die Braut abzuholen. Der Dew ließ die Aussteuer in die Wagen laden, doch beim Anblick der Kutsche verzog er das Gesicht. „Nein, also wirklich! In so ein kümmerliches Wägelchen setze ich meine Tochter nicht." Damit holte er seinen kleinsten Wagen hervor, und dem Padischah und seinen Leuten fielen fast die Augen aus dem Kopf. So etwas Prachtvolles hatten sie noch nie gesehen! Das Mädchen setzte sich hinein, und sie und die 500 Wagen fuhren zum Seraj des Padischah, wo man nach alter Sitte vierzig Tage und Nächte Hochzeit hielt. Am 41. Tag endlich wurden die jungen Leute getraut.

Etliche Monate strichen ins Land, und der Prinz lebte glücklich und zufrieden mit seiner Frau. Ihre Liebe blieb nicht ohne Folgen, doch gerade, als sich der Bauch der jungen Frau rundete, meinte der Herr Prinz, er müsse unbedingt verreisen. So kam es, wie es kommen musste: In Abwesenheit des werdenden Vaters setzten die Geburtswehen ein, doch welch' Unglück: Schon drei Tage und Nächte quälte sich das arme Mädchen, doch das Kind wollte und wollte nicht zur Welt kommen. Endlich kam man auf die Idee, ihren Dew-Vater zu benachrichtigen. Der eilte sofort zur Hilfe, trat ans Bett seiner Menschentochter und sagte sehr sanft: „Mein Kind, fass meinen Arm an!" Schmerzgepeinigt gehorchte das Mädchen - und schrie entsetzt auf, denn kaum hatte sie den Arm angefasst, brach dieser ab. „Oh Väterchen!" rief sie verzweifelt. „Ich habe dir den Arm abgerissen." Der Dew aber lächelte nur und sprach: „Tut nichts, meine Kinder, lehnt ihn nur dort in die Ecke." Und wieder geschah ein Wunder, denn sobald der abgebrochene Arm dort stand, verwandelte er sich in einen Diamantenbaum. Dasselbe wiederholte sich mit dem anderen Arm. Als nächstes hieß der Dew das Mädchen, seinen Fuß anzupacken. Der brach natürlich auch ab und verwandelte sich in einen goldenen Schemel. Der zweite Fuß teilte bald das Schicksal seines Kameraden. Nun sollte das Mädchen den Kopf anfassen. Verzweifelt gehorchte sie. Da durchzuckte ein furchtbarer Schmerz ihren Leib, das Kind kam zur Welt – und der Kopf des Dew war ab. „Oh Väterchen", klagte das Mädchen. „Ich habe dir den Kopf abgerissen!" Der Kopf aber sprach: „Macht nichts, mein Kind, wirf ihn in die Mitte des Zimmers." Dort verwandelte sich der Kopf in ein prachtvolles Bett, wie es auf der Welt kein zweites gab. Der Rumpf des Dew aber wurde zu einem wundervollen Teppich. Man legte das Mädchen in das Bett.

Die Kunde von der wundersamen Geburt verbreitete sich – ganz ohne Handy und Internet – wie ein Lauffeuer. Von nah und fern kamen die Leute heran, um diese nie dagewesene Sensation zu bestaunen. Schon nach kurzer Zeit erreichte das Gerücht erreichte auch den Hof der Eltern des Mädchens. Neugierig zogen sie los, und kamen nach wenigen Tagen im Seraj an.

Etliche Jahre waren vergangen, seit der Sultan seine Tochter in einem Anfall von maßlosen Zorn zum Tode verurteilt hatte. Aus dem Teenager von damals war eine anmutige junge Frau geworden. Kein Wunder, dass ihre Eltern sie nicht erkannten. Wehmütig betrachtete der Sultan die junge Frau, die gerade an der Seite ihres Gatten speiste und von Sklaven bedient wurde. Wie sehr sie doch meiner Tochter ähnelt! dachte er und seufzte leise.

„Sultana", sagte er zu seiner Frau. „Lass uns näher zu den Sklaven dort gehen". Damit griff er sich ein Handtuch und die Wasserkanne. „Nimm du das Tuch, ich will aus der Kanne Wasser in die Schüssel gießen, damit wir das Paar dort um so besser betrachten können." Gesagt, getan. Nachdem die jungen Leute gespeist hatten, brachte man Schüssel und Kanne, worauf sich zuerst das Mädchen und dann der Jüngling die Hände wusch. Wer aber vermag das freudige Erstaunen der Alten zu beschreiben, als das Mädchen sie freundlich ansprach und sagte: „Väterchen, erinnerst du dich noch, was ich sagte, als du mich damals nach meinem Wunsche fragtest? Ich sage: ich wünsche mir, dass meine Mutter mir die Schüssel halte und du mir das Wasser aus der Kanne gießt. Du zürntest mir ob dieser Worte und jagtest mich fort. Nun sieh, welch weiten Weg du zurücklegen musstest, um Wasser auf meine Hände gießen zu können. Erkennt ihr jetzt, dass mein damaliger Wunsch nicht von mir selbst herrührte, und dass du mir Unrecht tatest, als du mich vertriebst?" Dem Padischah fiel es wie Schuppen von den Augen. Er nahm die Hände der jungen Frau und rief: „Oh Tochter, grob habe ich gefehlt! Möge Allah mir meine Sünden verzeihen, und ich flehe dich an, verzeihe auch du mir. Dein Wunsch ist in Erfüllung gegangen." Mit Tränen in den Augen fielen sie sich in die Arme. Vierzig Tage und Nächte dauerten die Feierlichkeiten, dann lebten sie glücklich und zufrieden bis an ihr Ende.

DER GOLDHAARIGE GÄRTNERBURSCHE

Vor langer Zeit lebte irgendwo in der weiten Welt ein Mann, der war so arm wie eine Kirchenmaus. Ach, was sage ich, ärmer noch als eine Kirchenmaus, denn die konnte sich wenigstens im Pfarrhaus an Brot und fettem Speck satt fressen, während der arme Mann oft hungrig ins Bett gehen musste. Sein einziger Reichtum waren Kinder, und von denen hatte er wahrlich mehr als genug: Ein Dutzend Buben und Mädchen, die ihm die Haare vom Kopf gefressen hätten – wenn Haare denn essbar gewesen wären. Immer wieder ermahnte der Pfarrer den Mann, seine Kinder zur Schule zu schicken, um dort Lesen und Schreiben, vor allem aber die Grundlagen des christlichen Glaubens zu lernen; schließlich sollten aus ihnen gute, gottesfürchtige Christenmenschen werden. Aber im Häuschen des armen Mannes wurde jede Hand zum Arbeiten gebraucht, um wenigstens ein kärgliches bisschen Brot zu verdienen. Dennoch reichte es meist nicht einmal für das Nötigste. Welch ein Segen, dass Hans, der Älteste, mittlerweile das 14. Lebensjahr erreicht hatte und damit alt genug war, um als Pferdebursche in den Dienst eines ebenso gutmütigen wie ehrenwerten Herrn zu treten. Auch für die Herrschaft erwies sich der neue Pferdeknecht als Glücksgriff, denn Hans war so fleißig und pflichtbewusst, wie man es sich nur wünschen konnte, ja er behandelte die Pferde so, als ob es seine eigenen wären. Wenn andere Knechte nach getaner Arbeit in den Hof zurückkehrten, stürzten sie sich zuerst aufs Essen und ließen die armen Pferde in ihrem Schweiß stehen. Nicht so Hans! Keinen Bissen rührte er an, ehe er nicht die Pferde ausgespannt und versorgt hatte! Mehr noch, selbst von seinem Brot gab er ihnen ab.

Hatte man jemals von einem solchen guten Knecht gehört, wo doch gewöhnlich das Dienstpersonal nichts als Ärger und Scherereien machte? Kein Wunder, dass sich der Ruf unseres Hans' im Umkreis von zehn Meilen verbreitete und Dutzende Herrschaften versuchten, ihn abzuwerben. Hans aber ging zu keinem von ihnen, obgleich manch einer gar den doppelten Lohn versprach, denn er hatte ein Geheimnis, unser Hans – ein großes, ein düsteres Geheimnis.

Es lebte nämlich in Hansens Dorf ein Teufelsmüller, zu dem jede Nacht die Hexen kamen, um Unkraut, Wachtelweizen und Wicke zu mahlen. Dieses Zeug mischten sie dann unter das Mehl der armen Leute, die nicht wussten, warum ihr Brot immer so schwarz wurde. Selbst der Pfarrer, der doch so ein schriftkundiger, gelehrter Mann war, konnte sich dieses Rätsel nicht erklären. Der Teufelsmüller brachte nun durch einen Zauber unseren Hans dazu, sich nach Ablauf seines ersten Dienstjahres bei ihm als Pferdeknecht zu verdingen. An seinem ersten Arbeitstag wies ihn der Teufelsmüller ein und sagte zu ihm: „Höre mir gut zu, mein Sohn! Kümmere dich nur um die zwei Pferde im Stall, aber steck deine Nase nirgends sonst hinein!" Hans nickte gehorsam und machte sich ans Werk.

Nun steckte der Müller zwar mit allerlei Hexen und Teufelsdienern im Bunde, aber das hinderte ihn nicht, wenigstens ab und zu zur Kirche zu gehen – schließlich war es immer gut, mehr als ein Eisen im Feuer zu haben. Drei Wochen nachdem Hans seinen Dienst angetreten hatte, war es wieder einmal soweit. Bevor er zur Kirche aufbrach, kam der Müller in den Stall und rief Hans zu sich: „Höre, mein lieber Knecht! Dort auf dem Boden liegen hundert Kübel Hafer. Wenn du die beiden mageren Pferde, während ich in der Kirche bin, nicht so mästest, dass ihnen das Wasser auf dem Rücken steht, so geht's dir schlecht." Hans erschrak, wagte aber nicht, zu widersprechen. Was der Herr da von ihm verlangte, war absolut unmöglich! Als der Teufelsmüller fort war, legte sich der arme Hans auf den knochendürren Schimmel und weinte zum Gotterbarmen. Dieser Schimmel aber war ein *Tatosch*, ein Zauberpferd, doch davon wusste unser Hans nichts. Mitleidig fragte das Tatoschpferd nach dem Grund seines Kummers. Hans war so verzweifelt, dass er sich nicht einmal wunderte, dass das Pferd mit menschlicher Stimme zu ihm sprach, sondern schluchzend und schniefend hervorbrachte: „Der Herr hat mir befohlen, euch so zu mästen, dass euch das Wasser auf dem Rücken steht, während er in der Kirche ist. Wie soll ich das denn machen? Sehr euch doch an!"

„Also, wenn das dein einziger Kummer ist", erwiderte der Schimmel und wieherte fröhlich. „Mach dich geschwind an die Arbeit und bring und so viel Hafer, wie der Trog fasst. Wenn dich der Herr dann fragt, ob du uns gemästet hast, so sage: Was ich tun konnte, habe ich getan, und ich habe nicht geruht, bis ich den Trog bis zum Rande gefüllt hatte. Aber ich kann nicht wissen, ob Euer Hafer die Eigenschaft besitzt, dass er das Pferd auf der Stelle mästet." Hin und hergerissen zwischen Zweifel und Hoffnung machte sich Hans ans Werk. Bald war der Trog randvoll mit Hafer. Der Schimmel ließ sich das Getreide schmecken, und mit jedem Bissen wurde seine Laune besser, ja, es schien geradeso, als ob er davon trunken würde! Als der Trog voll war, ging Hans aus dem Stall und wartete mit bangem Herzen auf die Rückkehr des Müllers. Der rannte tatsächlich sofort nach seiner Ankunft in den Stall und rief: „Komm her, Hans! Hast du meinen Befehl ausgeführt? Sind die Pferde fett geworden?" Dabei glitzerten seine Augen ganz heimtückisch, denn er wusste natürlich, dass das in solch kurzer Zeit unmöglich war. Hans aber wiederholte Wort für Wort, was ihm der Schimmel gesagt hatte. „Was ich tun konnte, habe ich getan. Ich habe nicht geruht, bis ich den Trog bis zum Rande gefüllt hatte; aber ich kann nicht wissen, ob Euer Hafer die Eigenschaft besitzt, dass er das Pferde auf de Stelle mästet." Der Müller erbleichte, denn er erkannte sofort, mit wem er es nun zu tun hatte. Er flüsterte nur ein einziges Wort, und ging dann geradewegs in die Mühle.

Am nächsten Sonntag zog der Müller erneut seinen Sonntagsstaat an, um zur Kirche zu fahren. Vor seinem Aufbruch kam er in den Stall und rief nach Hans. „Siehst du dort auf dem Hof den großen Misthaufen – das sind hundert Fuhren! Wenn du damit die beiden knochendürren Pferde nicht so mästest, dass ihnen das Wasser auf dem Rücken steht, so wäre es besser für dich, du wärest nie geboren worden." Damit drehte er sich um und ließ den armen Hans mit hängendem Kopf stehen. Wieder heulte er sich die Seele aus dem Leib, und wieder erbarmte sich das Tatoschpferd des unglücklichen Burschen. „Wenn das deine einzige Sorge ist", sagte der Schimmel, nachdem Hans ihm sein Leid geklagt hatte, „dann ist es ja gut. Hör also: Geh in die Kammer des Müllers! Sie wird verschlossen sein, aber schau: Hier ist ein dreiblättriges Kleeblatt und der kleine Finger eines ungeborenen Kindes. Wenn du diese beiden Dinge vor das Schloss hältst, springt der Eisenriegel auf und die Tür öffnet sich von selbst. In der Kammer findest du drei Bütten voll Geld – in der einen

sind lauter Goldmünzen, in der zweiten lauter Silber-
münzen, in der dritten Kupfergeld. Nimm, so viel du
tragen kannst und bring es deinen Eltern. Aber nur
einmal, hörst du? Wir müssen fort sein, bevor der Müller
wiederkommt! Nimm Abschied von deiner Familie, denn
wer weiß schon, wohin unsere Reise uns führen wird?
Dann komm hierher zurück und packe den Pferdestriegel,
eine Bürste und einen Wischer in den Futterranzen. Ich
werde derweil gesattelt und gezäumt im Hof auf dich
warten."

Hans hatte dem Schimmel aufmerksam zugehört und hielt
sich genau an seine Anweisungen. Er nahm die gruseligen
Türöffner, ging damit zur Kammer, und siehe da – die
großen, schweren Eisenriegel der Tür sprangen ganz von
selbst auf und die Eisentür öffnete sich. Da standen die
drei Bütten mit Gold-, Silber- und Kupfermünzen, ganz
wie das Tatoschpferd es gesagt hatte. Wenn nur der riesige
Kettenhund nicht gewesen wäre, der die Bütten bewachte!
Welch ein Glück, dass Hans einen Kettenhund-Bezwinger
in Form des Kinderfingers dabei hatte. Glaubt es oder
glaubt es nicht: Das Biest kuschte tatsächlich vor dem
Totenfinger! Der Knabe nahm also viele Goldmünzen,
etwas weniger Silbergeld und ein paar Kupfermünzen, und
schleppte alles zu seinen Eltern, während der Kettenhund
heulte, wie Hunde eben heulen können. Hansens Eltern
weinten vor Freude und Schmerz: Freude deshalb, weil sie
sich Dank des Schatzes nie wieder Sorgen um ihr täglich
Brot machen mussten. Und warum Schmerz – nun, das
muss ich euch sicher nicht erklären.

Nachdem er Abschied genommen hatte, kehrte Hans zu
seinem Dienstherrn zurück, packte Striegel, Bürste und
Handtuch in den Ranzen und trat in den Hof, wo das

Tatoschpferd bereits auf ihn wartete. Aber was für ein Pferd das war! Beinahe hätte Hans den Schimmel nicht wiedererkannt. Da stand kein rappeldürrer Gaul, sondern das goldmähnige, glühende Asche fressende Tatoschpferd mit goldenem Zaumzeug und Samtsattel! Hans glaubte zu träumen und rieb sich staunend die Augen, doch das prachtvolle Pferd blieb. Ehrfürchtig befühlte er die Seidendecke, die den Samtsattel bedeckte. Auf der tiefblauen Seide prangte ein goldener, von Diamanten umringter Stern, so prachtvoll, wie nicht einmal ein König es sich träumen lassen konnte. Der arme Hans wagte kaum, aufzusitzen. Das Pferd musste ihn mehrfach ermuntern, ehe er sich auf den Rücken des stolzen Rosses schwang. Kaum saß er fest im Sattel, brauste das Tatoschpferd davon wie der Wirbelwind.

Nach einer Weile begann Hansens rechte Backe zu brennen; erst nur ein wenig, dann etwas mehr, und schließlich feuerte es so stark, dass der Knabe es kaum aushalten konnte. „Donnerwetter, mein liebes Pferd, mir brennt die rechte Wange!" stöhnte er. Das Pferd aber schien so etwas erwartet zu haben. „Schau nur hinter dich!" erwiderte es. „Wen siehst du dort?" Hans wäre vor Schreck fast aus dem Sattel gefallen. „Jesus und Maria! Der Teufelsmüller! Gleich holt er uns ein. Jetzt ist es aus mit uns!"

„Ei, warum sollte er? Nimm die Bürste aus dem Ranzen und wirf sie hinter dich!" Zitternd gehorchte Hans, und siehe da – die Bürste verwandelte sich in einen dichten Wald. Das wurde aber auch höchste Zeit, denn eines sage ich euch: Der Teufelsmüller verfolgte die beiden in hundsmäßiger Eile! Der war aber auch ein schlauer Ungar, dieser Müller! Gewiss hatten sie ihm, als er noch ein

kleiner Bub war, den Hintern mit Teufelsschmer und Schlangenleber eingeschmiert! Kaum war er aus der Kirche zurück, rannte er nämlich in den Stall und fluchte dort, dass selbst der Teufel noch was von ihm hätte lernen können! Da stand kein Schimmel, kein vom Wind gezeugtes, mit Drachenmilch gesäugtes, Glühasche fressendes Tatoschpferd! Von bösen Ahnungen getrieben, rannte er in die Kammer – das schöne Geld war weg, und der Kettenhund heulte und winselte nur feige! Da wusste der Müller, was die Glocke geschlagen hatte, griff sich ein Beil und jagte dem Pferdeknecht nach. Das Tatoschpferd rannte schnell, aber der Müller war ein Hexenmeister und kannte jede Menge Zauber. Nur noch wenige Augenblicke, dann hätte er sie eingeholt, wenn – ja wenn Hans nicht die Bürste weggeworfen hätte! Ratlos stand der Teufelsmüller vor dem dichten Wald, der plötzlich wie aus dem Nichts erschienen war. Wie sollte er ihn bloß durchdringen? Endlich hatte er die rettende Idee. Er zog sein Beil und hieb und schlug, bis er sich einen Weg gebahnt hatte. Das Ganze hatte jedoch viel Zeit gekostet; Hans und das Tatoschpferd waren inzwischen über alle sieben Berge. Rasend vor Wut setzte der Müller die Verfolgung fort.
Diesmal begann Hansens linke Wange zu brennen. Sie brannte und brannte, bis er es nicht mehr aushalten konnte. „Mein liebes Pferd, meine linke Wange brennt wie Feuer!" stöhnte er. „Ja, was glaubst du denn?" erwiderte das Tatoschpferd. „Schau doch hinter dich! Wen siehst du dort kommen?"
„Oh weh! Der Teufelsmüller schon wieder! Jetzt ist's aber wirklich aus mit uns!" – „Ei, aber warum denn?" lachte das Zauberpferd. „Wirf den Pferdewischer hinter dich; das dürfte ihn schon aufhalten." Und so war es auch. Ihr wollt

wissen, warum? Ganz einfach, der Pferdewischer verwandelte sich in ein endloses Meer, das selbst ein mächtiger Hexenmeister wie der Teufelsmüller einer war nicht so einfach überwinden konnte. Grübelnd starrte der Finsterling auf die Fluten. Wie sollte er da hinüber kommen? Ein normaler Mensch wäre nun gewiss umgekehrt. Der Teufelsmüller aber erkannte bald, dass das Meer nur ein Trugbild war – ein geschickter Zauber, um die Sinne zu verwirren. Kurz entschlossen sprang er hinein, und tatsächlich – nach wenigen Augenblicken war er wieder im Trockenen.

Jetzt begann Hansens ganzes Gesicht zu brennen. Wieder jammerte er, dass es nun aus sei mit ihnen, aber das Tatoschpferd meinte nur, er solle den Pferdestriegel hinter sich werfen. Der verwandelte sich in einen dichten eisernen Wald. Der Teufelsmüller, nicht faul, zückte sein Beil und hieb wacker drauf ein, aber die Bäume waren aus Eisen und gaben nicht so einfach nach wie der hölzerne Wald von vorhin. Der Müller war noch nicht weit gekommen, da brach ihm sein Beil entzwei. Oh weh, was sollte er jetzt anfangen? Zurück in die Mühle konnte er nicht, denn dort warteten schon die Teufel auf ihn. Ihnen hatte nämlich das Geld gehört, und wenn's um klingende Münze geht, ist mit dem Teufel nicht gut Kirschen essen. In seiner Verzweiflung erhenkte sich der Müller an einem Baum des Eisenwaldes. Und nun ratet mal, was der Baum tat! Der zog seine Wurzeln aus dem Boden und rannte mit dem baumelnden Müller los, direkt bis zum Höllentor. In der Hölle wartete schon ein extra großer Kessel auf den Hexenmeister.

Hans und das Tatoschpferd aber konnten ihre Reise nun in aller Ruhe fortsetzen. Sie wanderten durch sieben mal sieben Länder, durchquerten das Operenzmeer und bezwangen die Glasberge, bis sie zu einem herrlichen Garten gelangten, der von einem zierlichen Goldgitter umgeben war. Es war der Garten der Morgenröte, in dem die Feenprinzen und -prinzessinnen spazieren zu gehen pflegten. Hier blieb das Tatoschpferd stehen und sprach: „Geh hinein, lieber Hans! Du wirst dort viele wundersame Dinge sehen, die keines Sterblichen Auge je erblickt hat. Inmitten des Gartens aber steht ein Apfelbaum. Seine Blätter bestehen aus purem Silber, seine Blüten sind funkelnde Diamanten, seine Äpfel aber von reinstem Gold. Pflücke drei goldene Äpfel, aber rühre nichts weiter an! Aus der Wurzel des Apfelbaums sprudelt der siebenfarbige Sonnenquell. Trinke davon und bade dich darin, dann trockne dich mit dem Goldhandtuch ab. Danach kehre auf dem gleichen Wege wieder hierher zurück."

Das alles klang viel einfacher als es war! Hans kam aus dem Staunen gar nicht heraus. Auf den mit Goldkies bestreuten Pfaden lustwandelten die Feenprinzen und -prinzessinnen umher. Zierliche, schillernde Vögelchen flogen hin und her und sangen so lieblich, dass es Hans ganz warm und leicht ums Herz wurde. Überall standen Edelsteinbirnen und Goldapfelbäume, und auf der Seidenwiese breitete sich ein Blütenmeer aus, wie es schöner nicht im Paradies sein konnte. Obwohl – der Garten der Morgenröte war ja das Paradies, jener Ort, an dem die Seelen der Gerechten auf ihre Auferstehung warteten. Zwischen den Blumen summten fleißige Bienen mit goldenen Flügeln und sammelten den edlen Honig, um ihn auf die Lippen der Gerechten zu träufeln. Silberflüglige Falter wiederum trugen in winzigen, goldenen Blüten den Himmelstrank heran, den sie von den Blütenstengeln gelesen hatten. Ein

Tropfen des Honigs genügte, um den Hunger der Gerechten zu stillen, ein Tropfen des Himmelstrankes stillte ihren Durst. Auch Hansens Hunger und Durst wurden gestellt, denn die hilfsbereiten Insekten teilten ihre Gaben mit ihm. Hans wurde so fröhlich ums Herz, dass er am liebsten gesungen hätte. Das ließ er allerdings doch lieber bleiben, denn er wollte sich auf keinen Fall vor den Feenprinzessinnen blamieren. Wenn Hans nämlich etwas ganz und gar nicht konnte, war das singen. Die Feen hatten auf der Wiese das feinste Leinen zum Trocknen ausgelegt. Die Wartezeit nutzten sie, um zu tanzen, herumzutollen und mit den goldenen Äpfeln Ball zu spielen.

Sie spielten und spielten, bis eine Fee ihren goldenen Apfel verlor. Als sie ihn einer Gespielin zuwerfen wollte, rollte er fort, immer weiter, bis er an Hansens Fuß stieß. Der hob ihn auf. Unterdessen suchte die Fee im hohen, seidigen Gras weinend nach ihrem Apfel, doch sie fand ihn nicht. Sie suchte ihn auf dem Goldkiespfad, aber auch dort war er nicht. Endlich, nach langer, vergeblicher Suche hob sie die Augen, und da sah sie ihn – einen schönen, fremden Jüngling aus der anderen Welt, der ihr zuwinkte und den Goldapfel zeigte! Hans kam es vor, als schwebte sie regelrecht auf ihn zu. Wie schön sie war, wie anmutig und wie süß ihre Stimme! Unter tausend Danksagungen nahm sie ihm den Goldapfel ab, während Hans wie ein Ertrinkender an ihren Lippen hing.

„Sage mir, schöner Jüngling", flötete die Fee. „Wie kann ich dir danken? Wisse, ich bin die Königin der Feen!" Hans stand ganz verdattert da und wusste nicht, was er sagen sollte. Endlich fasste er sich ein Herz. „Ich wünsche mir nichts anderes", erwiderte er zaghaft, „als dass du mich zu jenem Apfelbaum mit den silbernen Blättern, den Diamantblüten und den goldenen Äpfeln führst."

Die Fee machte eine anmutige Bewegung mit ihrer Hand, und sofort erschien der Windwagen, der sie und ihren menschlichen Besucher mit sanftem Wiegen in die Mitte des Gartens brachte. Dort wuchs der schönste und wertvollste Baum des Gartens der Morgenröte – der silberblättrige, Goldfrüchte tragende Apfelbaum mit den Diamantblüten. Aus seinen Wurzeln aber sprudelte der siebenfarbige Sonnenquell.

Hier stiegen sie aus dem Wagen. Doch als Hans der Fee für ihre Güte danken wollte, sprach sie: „Nebel vor mir, Nebel hinter mir, dass niemand mich erblicke!" und verschwand wie ein Traumgespinst. Hans aber starrte noch lange auf die Stelle, wo sie verschwunden war. Endlich gab er sich einen Ruck, trank von dem siebenfarbigen Sonnenquell, badete sich in dem wundersamen Wasser und trocknete sich mit dem Goldhandtuch. Nun, was soll ich sagen: Schon zuvor war er kein hässlicher Bursche gewesen; das Wasser des Sonnenquells aber verlieh seinem Gesicht die Schönheit des strahlenden Morgens. Sein Haar glänzte wie pures Gold und sein Leib wurde so stark, dass er es mit drei Männern gleichzeitig hätte aufnehmen können. Als Hans sein Spiegelbild im klaren Wasser sah, traute er seinen Augen kaum: „Bin ich das etwas?" fragte er zweifelnd, aber da weit und breit kein anderes Wesen zu sehen war, musste er es wohl sein. Nun brach er noch drei goldene Äpfel ab und kehrte zu seinem treuen Tatoschpferd zurück.

„Ah, lieber Herr", begrüßte es ihn. „Ich sehe, du hast getan, was ich dir auftrug. Jetzt passen wir zueinander, du zu mir, und ich zu dir! Aber nun schwinge dich auf meinen Rücken und lass uns dahin gehen, wo wir schon längst hinwollten." Nun ja, zumindest das Tatoschpferd wollte dorthin! Hans hingegen hatte keine Ahnung, was das Ziel war. Lange wanderten sie, durch siebenmal sieben Königreiche, über Berge und endlos weite Ebenen. Irgendwann – Hans hatte längst aufgehört, die Tage seit ihrem Aufbruch zu zählen – als sie unter einer großen, alten Linde rasteten, sprach das Tatoschpferd zu ihm: „Schau, dort ist die Residenz des spanischen Königs. Geh dorthin und sieh zu, dass du irgend einen Dienst bekommst – und wenn's als Kaminheizer ist. Der König hat drei Töchter, von denen eine schöner ist als die andere, aber am schönsten ist die Jüngste. Verkaufe ihr die drei Goldäpfel für dreimal drei Küsse – du weißt doch: wer Küsse sät, erntet Liebe! Du musst es allerdings geschickt anstellen, dass die Prinzessin sich in dich verliebt. Vor allem darf niemand dich an deinem schönen Goldhaar und deinem strahlenden Antlitz erkennen! Ich sage dir also: binde eine Socke um deinen Kopf und beschmiere den Antlitz mit Schmutz, so dass es so aussieht wie das eines Mannes, der drei Tage lang Trauben gelesen hat. Nur im Morgengrauen sollst du dein schönes Goldhaar im roten Schimmer des nahenden Tages mit diesem Muschelkamm kämmen; du willst schließlich keinen Fitz haben, oder? Aber gib acht, dass dich niemand dabei beobachtet! Ich werde unterdessen hier im Baum auf dich warten. Wenn du irgendetwas brauchst, komm nur hierher und schlage dreimal mit dem Halfter an den Stamm – dann bin ich gleich zur Stelle."

„Ach mein liebes Tatoschpferd", schluchzte Hans und schlang die Arme um den Hals des treuen Pferdes, „wie schwer wird's mir ohne dich werden!" Endlich riss er sich zusammen, marschierte zum Schloss und dort geradewegs zum König. „Gott zum Gruß, Majestät!" Erstaunt musterte ihn der König. Wie hatte es dieser Schmutzfink geschafft, unbemerkt an den Wachen vorbeizuschlüpfen? Immerhin, er schien harmlos zu sein. „Schönen Dank, Bursche", erwiderte er denn. „Was führt dich zu mir?" – „Ich suche einen Dienst." Als er das hörte, hellte sich das Gesicht des Königs deutlich auf. „Das trifft sich gut", sagte er erfreut. „Mein Gärtner braucht einen Gehilfen. Wenn du willst, kannst du sofort anfangen." Und ob Hans wollte!

Der Gärtner war rundum zufrieden mit ihm, denn der neue Gehilfe erwies sich als so zuverlässig und fleißig, wie man sich ihn nur wünschen konnte. Die Leute im Schloss hingegen nannten wegen seiner ungewöhnlichen Kopfbedeckung nur „Sockenmütze".

Eines Sonntags Nachmittag vertrieb er sich nach getaner Arbeit die Zeit damit, dass er mit einem der Goldäpfel spielte: Er warf ihn auf einen Hügel im Garten und sah dann zu, wie er wieder herunterrollte. Wenn er unten war, wiederholte er das Ganze. Dabei grübelte er darüber nach, wie es ihm gelingen konnte, die Anweisungen des Tatoschpferdes zu erfüllen, denn obwohl er nun schon etliche Wochen im Schloss diente, hatte er die Prinzessinnen noch nicht einmal zu Gesicht bekommen. Der Zufall wollte es, dass just zu dieser Stunde die drei Schönheiten aus dem Fenster sahen und im Garten etwas Glänzendes entdeckten. Sie schauten genauer hin, und erkannten voller Staunen einen merkwürdigen Burschen, der mit einem goldenen Apfel spielte. Neugierig eilten sie hinab. Im Garten angekommen, zügelten sie ihre Schritte und spazierten nun Arm in Arm die sauber gepflegten Pfade entlang, ganz so, als ob sie nichts Besonderes im Sinn hätten; neugierig zu sein schickte sich nämlich nicht für eine Prinzessin. Als sie den sockentragenden Burschen erreichten, fragte ihn die älteste Prinzessin, woher er den Apfel habe. Hans verneigte sich höflich und antwortete: „Ich pflückte ihn im Garten der Morgenröte von jenem Apfelbaum, der diamantene Blüten, silberne Blätter und goldene Früchte hat."

„Gib ihn mir!" verlangte die älteste Prinzessin. „Ich will dir dafür einen Ranzen voller Geld geben." Bei einer solchen Summe Geldes wäre selbst so mancher Edelmann schwach geworden! Aber wer beschreibt ihre Verwunderung, als der Bursche den Kopf schüttelte und so, als ob es das Selbstverständlichste der Welt wäre, fragte: „Was soll ich denn mit dem Geld anfangen? Das macht nur Mühe."

„Gib ihn mir", bat die mittlere. „Ich schenke dir dafür vierundzwanzig edle Kleider." – „Aber was soll ein Gärtnerbursche wie ich denn mit solch feinen Kleidern anfangen?" erwiderte die Sockenmütze.

„Ach, gib ihn mir", bat die jüngste. „Ich will dir dafür geben, was du wünschst." – „Nun, wenn ich Euch damit nicht zu nahe trete, schönste Prinzessin, so gebt mir drei Küsse dafür. Das ist der Preis, den ich für den goldenen Apfel aus dem Garten der Mörgenröte verlange." Ohne ein weiteres Wort neigte sich die Prinzessin zu ihm, um ihn zu küssen. Weil aber sein Gesicht so schmutzig war wie das eines Mannes, der drei Tage lang Trauben gelesen hat, schob sie erst die Sockenmütze ein Stückchen zurück und erblickte darunter eine strahlend schöne Stirn. Die küsste sie natürlich tausendmal lieber als die schmutzigen Wangen! Der Goldapfel gehörte nun ihr, aber nicht für lange, denn auch die älteste Prinzessin wollte ihn haben. „Ich bin die älteste von uns, darum gebührt der Apfel allein mir!" behauptete sie, und dann bedrängte sie die jüngste so lange, bis diese ihr den Apfel traurig überließ.

Am nächsten Sonntag Nachmittag spielte Hans mit dem zweiten Goldapfel, und wieder kamen die Prinzessinnen neugierig herab. „Wo hast du den Apfel gekauft?" fragte die älteste. „Ich pflückte ihn im Garten der Morgenröte, am Ende der Welt, dort, wo der Apfelbaum mit den diamantenen Blüten, den silbernen Blättern und den goldenen Früchten wächst. Von ihm pflückte ich ihn", antwortete der Gärtnerbursche. „Gib ihn mir!" verlangte die Prinzessin. „Ich gebe dir dafür ein goldmähniges Pferd." – „Was nützt mir das Pferd, wo ich doch weder einen Stall noch Hafer habe?" entgegnete Hans.

„Gib ihn mir", bat die mittlere. „Ich gebe dir dafür einen Sattel aus Samt und goldenes Zaumzeug." – „Aber was soll ich damit, so ganz ohne Pferd?"

„Gib ihn mir", bat auch die jüngste, „und ich gebe dir, was du möchtest." – „Für drei Küsse, schönste Prinzessin, gehört er Euch." Da neigte sich die Prinzessin zu ihm, schob mit ihrer zarten Hand die Socke zurück und erblickte ein goldenes Haar. Sie verriet sich jedoch mit keiner Silbe, sondern küsste dreimal die sonnenklare Stirn des Jünglings mit der Sockenmütze. Dabei wurde ihr ganz seltsam zumute, so leicht und kribbelig wie ... ach, wie soll ich es beschreiben?

Auch diesen Apfel konnte die jüngste Prinzessin nicht lange bewundern, denn ihre mittlere Schwester lockte ihn ihr mit Versprechungen und Drohungen ab.

Der dritte Sonntag kam heran, und glaubt es oder glaubt es nicht, der Gärtnerbursche spielte wieder mit einem goldenen Apfel. Drei Früchte hatte Hans gepflückt, erinnert ihr euch? Bald kamen auch die Prinzessinnen daher, gerade so, als ob sie beim Spazieren ganz zufällig auf die Sockenmütze gestoßen wären; in Wirklichkeit hatten sie natürlich gespannt am Fenster gewartet, ob der Bursche noch einen Apfel hervorzaubern würde.

„Wo hast du den goldenen Apfel gekauft?" wollte die älteste Prinzessin wissen, obwohl sie die Antwort längst kannte. „Gib ihn mir, und ich will dir dafür ein Schwert mit silberner Klinge und goldenem Heft geben", lockte die Prinzessin. Hans aber lachte nur und erwiderte: „Aber Verehrteste! Was soll ich mit einem goldenen Schwert? Ich, ein Gärtnerbursche?"

„Gib ihn mir", bat die mittlere. „Und ich gebe dir einen perlenbestickten Beutel." – „Ach je! Was nützt mir denn der schönste Beutel, wenn nichts drin ist?"

„Gib ihn mir", bat nun auch die jüngste. „Und ich gebe dir, was du dir wünschst." Der Gärtnerbursche lächelte verschmitzt und erwiderte: „Ihr kennt den Preis, holde Prinzessin. Drei Küsse, und er gehört Euch." Und die Prinzessin beugte sich wortlos zu ihm, schob mit sanfter Hand die Mütze etwas zurück, bis sie ein ganzes Goldhaar erblickte, und küsste ihn liebevoll drei Mal auf die sonnenklare Stirn.

Drei Äpfel hatte die Prinzessin eingetauscht. Zwei hatte sie sich nehmen lassen; diesen aber behielt sie trotz aller Schmeicheleien und Drohungen der Schwestern. Das Tatoschpferd hatte Recht behalten: Wer Küsse sät, erntet Liebe! Keine Ruhe fand die Prinzessin von nun an mehr. Jede Nacht träumte sie von dem Gärtnerburschen, von seinem glänzenden Goldhaar und seiner leuchtenden Stirn, Tag für Tag kreisten ihre Gedanken um ihn. Das goldene Haar hatte ihr Herz in Fesseln gelegt, die stärker waren als die schwersten Eisenketten. Die Fesseln der Liebe verbanden sie mit dem seltsamen Gärtnerburschen und ihn mit ihr, denn Hans ging es um kein Deut besser als der Prinzessin. Auch ihn quälte die Liebe, und so war's vorbei mit seiner Zuverlässigkeit. Gewiss gab er sich alle Mühe, aber ihr wisst selbst, wie es ist, wenn man mit den Gedanken ganz woanders ist: Der arme Hans verwandelte sich in ein Musterexemplar an Tolpatschigkeit. Was musste er sich deswegen vom Gärtner alles anhören! Aber alle Schelte und alle Kopfnüsse prallten an ihm ab, wenn er an die liebliche Prinzessin dachte.

Eines frühen Morgens, als die Prinzessin wieder einmal keinen Schlaf finden konnte, ging sie in den Garten hinunter. Noch lag die Kühle der Nacht über dem Land, noch hatte keines Menschen Fuß die Tautropfen auf den Gräsern berührt, noch erfüllte nur der fröhliche Gesang der Vögel die morgendliche Stille. Wie von unsichtbarer Hand geleitet lenkte die Prinzessin ihre Schritte an den Hügel, auf dem sie den seltsamen Gärtnerburschen geküsst hatte. Auch jetzt war er wieder dort, doch diesmal trug er keine hässliche Sockenmütze, so dass sie sein herrliches, goldenes Haar in voller Pracht bewundern konnte. Er kehrte ihr den Rücken zu und bemerkte sie nicht. Wie schön er ist! dachte die Prinzessin hingebungsvoll. Was sollte sie tun? Hingehen oder nicht hingehen, fortrennen oder bleiben? Welcher Zauber hatte sie gefangen? Warum wurde sie so unwiderstehlich von diesem Burschen angezogen, dass sie an nichts anderes mehr denken konnte? Schließlich konnte sie nicht mehr anders, als zu ihm zu gehen. Sanft nahm sie den Muschelkamm aus seiner Hand und begann, sein goldenes Haar zu kämmen. Er aber legte seinen Kopf in ihren Schoß und schloss die Augen. Worte brauchten sie nicht; Blicke und Berührungen genügten ihnen. Erst als sie mit dem Kämmen fertig waren, sprachen sie miteinander. „Ich bin dein, und du bist mein, bis in den Tod und darüber hinaus." Damit umarmten und küssten sie sich. Dann eilte die Prinzessin mit glühenden Ohren in den Palast zurück, und der Gärtnerbursche begann seine Arbeit.

Von nun an trafen sie sich jeden Morgen in der blauen Stunde auf dem Hügel im Garten; der Gärtnerbursche legte seinen Kopf in den Schoß der Prinzessin, und die Prinzessin kämmte ihm sein goldenes Haar. So wäre es vielleicht bis in alle Ewigkeit weitergegangen, wenn der König nicht eines Tages auf die verhängnisvolle Idee gekommen wäre, seine Töchter zu verheiraten. So ließ er die Großen und auch die nicht ganz so Großen seines Reiches rufen – die heiratslustigen Grafen, Herzöge und Barone, die Helden, Herren und Herrensöhne, auserlesene Zigeunerburschen und langmützige Slowaken mit Hirtenstäben, auf dass die Prinzessinenn ihren Auserwählten die Goldäpfel zuwürfen. Da warf denn die älteste ihren goldenen Apfel einem schmucken Herzog zu, die mittlere entschied sich für einen Grafen. Nun kam die jüngste und schönste an die Reihe. Alle Augen richteten sich auf sie, und jeder hoffte, dass er der Glückliche sein würde, der diese schöne Blume pflücken sollte. Die Prinzessin aber schaute hilflos umher. Ihre schöne Stirn legte sich in Falten, und ihre Miene wurde immer trauriger. Warum? Was glaubt ihr wohl? Na, weil ihr geliebter goldhaariger Gärtnerbursche nicht unter den Versammelten war. Dreimal schon hatte sie zum Wurf angesetzt, doch im letzten Moment hatte sie den Apfel zurückgehalten.

„Was bedeutet das, Tochter?" fragte der König verwundert. „Fehlt denn jemand?" Prüfend musterte er die Reihen der Versammelten, doch es fiel ihm nicht auf, dass einer fehlte. Da wandte sich der Obergärtner an den alten König und sprach: „Mein erlauchter Herr, wir sind alle hier, wie Ihr befohlen habt. Nur mein nichtsnutziger Gärtnerbursche – der mit der Sockenmütze, Ihr wisst schon – der ist nicht da, aber der zählt doch nicht mit, oder?"

„Man soll ihn geschwind rufen!" befahl der König. Kaum aber betrat die Sockenmütze den Saal, da flog der goldene Apfel auf ihn zu. Geschickt fing er ihn auf und pflückte so die schönste Blume im Garten des Königs.

„Was? Der? Das soll wohl ein Scherz sein?" rief alles durcheinander. Einige Gäste glaubten, die Prinzessin hätte sich einen bösen Spaß erlaubt, andere meinten, sie hätte den Verstand verloren. Der König aber war außer sich vor Wut. Wie ein Rasender stürzte er sich auf seine jüngste und schönste Tochter, packte ihr langes Haar, wickelte es um seine Hand und zerrte sie durch zwölf Zimmer. Von der Treppe des dreizehnten Zimmers stieß er sie hinunter wie einen räudigen Hund und schrie: „Hinweg mit dir, du Hündin! Du bist meine Tochter nicht! Keinen Augenblick länger will ich dich unter meinem Dache dulden! Schert euch von dannen, ihr Lumpen!"

Weinend lief das junge Paar in den Garten. Dort schlüpften sie in einen Busch wie zwei verlassene, aus dem Nest gefallene Vögel. Von Ferne sahen sie die älteren Prinzessinnen in die Kirche ziehen, von Ferne nur hörten sie die Musik der Zigeuner, die zur Hochzeit aufspielten, den Glücklichen und den Glücklosen. Keinen Kuchen gab es für sie, keinen Hochzeitsschmaus, keinen fröhlichen Tanz.

„Weißt du was, wir machen uns unseren Hochzeitsschmaus selber!" sagte Hans. Er sammelte eine Mütze voll süßer, reifer Früchte, holte von irgendwoher schwarzes Brot, und so setzten sie sich auf den Hügel, auf dem die

Prinzessin ihm so oft das schöne Goldhaar gekämmt hatte, und hielten Hochzeit. Jeden Bissen versüßten sie mit Küssen, und so schmeckte das harte Brot wie süßer Honigkuchen, die Früchte wie saftiger Braten. Dann flochten sie eine Hütte aus Zweigen, streuten Gras hinein und legten einen Bauernmantel darüber. Das lange, goldene Haar der Prinzessin war ihre Decke, die Arme ihre Kissen. So liebten sie sich die ganze Nacht und froren nicht, denn das Feuer der Liebe hielt sie warm.

Auf dem Hühnerboden fand Hans eine alte, rostige Flinte, für die niemand auch nur einen Heller gegeben hätte. Hans aber nahm sie, reinigte sie, putzte sie mit Eisenspänen und ging mit ihr auf die Jagd. Das war zwar eigentlich verboten, denn jagen durften damals nur die hohen Herren, aber von irgend etwas mussten sie ja leben! Und was die Flinte anging: Ihr voriger Besitzer – wer immer es gewesen sein mochte – hatte sie mit einem äußerst nützlichen Zauber belegt: Eine daraus abgeschossene Kugel verfehlte nie ihr Ziel.

Als die beiden Schwiegersöhne des Königs hörten, dass der mit der Sockenmütze auf die Jagd ging, zogen sie auch hinaus, mit großer Ausrüstung und großem Gefolge, mit den schönsten, blank geputzten Flinten und viel Tam-tam. Indes, auch die schönste Flinte ist nur so gut wie der Schütze. Der Graf und der Herzog schossen nicht ein einziges Stück Wild, obwohl sie den ganzen Tag umherstreiften. Sockenmütze hingegen konnte das viele Wild, das er geschossen hatte, kaum schleppen.

Auf einer Lichtung trafen die drei Schwiegersöhne zusammen – der Herzog, der Graf und unsere Sockenmütze. „Donnerwetter!" brach es aus dem Herzog hervor. „Du hast aber viel geschossen. Wo hast du denn all das

Wild aufgetrieben?" – „Im Wald." – „Auch wir streiften dort umher, aber wir haben nichts geschossen." – „Das ist es ja!" versetzte Hans keck. „Ihr streift umher wie ein drehkrankes Schaf, aber ihr habt nicht gejagt."

Welch eine Schande, so ganz ohne Beute zurückzukehren! Der Spott der Hofleute würde sich über sie ergießen; und was erst der König sagen würde!

„Ich will dir was sagen", sprach der Graf „Du hast viel Wild, wir haben viel Geld. Du brauchst das Geld, wir brauchen das Wild. Überlasse uns also deine Beute, es soll dein Schade nicht sein. Wir machen dich zu einem Herrn." – „Was du wünschst, das geben wir dir", fügte der Herzog hinzu.

„Das ist eine weise Rede", erwiderte Hans. „Doch euer Geld, das brauche ich nicht. Ich habe alles, was ich brauche. Aber ich gebe ich meine ganze Beute, wenn ihr euch auf euren Rücken einen Galgenstempel einbrennen lässt."

Was blieb den beiden edlen Herren übrig? Wollten sie nicht zum Spott des ganzen Hofes werden, mussten sie sich die Galgenstempel brennen lassen. Es sieht ja keiner die Schandmale! trösteten sie sich. Der Schmerz ließ sich auch deshalb leichter ertragen, weil Hans Wort hielt und ihnen sein ganzes Wild gab. Sie mussten es nur noch zum Schloss schleppen. Hans aber schoss einen umherflatternden Spatzen, band ihn an seine Flinte und schlenderte singend und pfeifend heimwärts.

Als die Sockenmütze am Schloss ankam, hatten seine beiden Schwager ihr Wild schon heim gebracht. Der alte König war voller Stolz, zwei solch wackere Schwiegersöhne zu haben. Was hatten sie für prachtvolles Wild geschossen! Im ganzen Land gab es gewiss keine besseren Schützen als sie! Da fiel sein Auge auf den unglückseligen Gärtnerburschen, der gerade pfeifend unter dem Fenster vorbeiging. Auf dem Rücken trug er eine rostige Flinte, an der, mit Bindfaden angebunden, ein armseeliger Spatz baumelte. „Dieser lausige Tunichtgut!" schrie der König und lief nach seiner Flinte, um den armen Hans auf der Stelle niederzuschießen wie einen tollwütigen Hund. Beinahe wäre es tatsächlich um den unglücklichen Burschen geschehen gewesen, wenn ihm seine Gemahlin, die Königin, nicht in den Arm gefallen wäre und ihn angefleht hätte, dem Unglücksraben das Leben zu schenken.

Einige Zeit später erklärte der Preußenkönig dem König von Spanien den Krieg. Er solle sich ihm stellen, Sapperlot! Wenn er ein ehrlicher Mann sei! Sonst bliebe kein Stein auf dem andern und weder Alt noch Jung sollte verschont werden! Dem spanischen König blieb nichts anderes übrig, als ein großes Heer zusammenzurufen und mit seinen beiden Schwiegersöhnen in die Schlacht zu ziehen. Es war wahrlich ein großes Heer, doch selbst wenn es noch sechsmal größer gewesen wäre – der Preußenkönig hätte es noch vor dem Frühstück besiegt, denn sein Heer war so zahllos wie die Sandkörner in der Wüste. Diese Schlacht, so erkannte der spanische König, können wir nicht gewinnen. Doch wenn uns auch der Tod erwartet, wir wollen ihm aufrecht entgegen reiten!

Auch unsere Sockenmütze blieb nicht zu Hause im Unterrockregiment. Früh am Morgen stand er auf und ging zu der alten Linde, um sein treues Tatoschpferd zu besuchen. Dreimal klopfte er mit dem Halfter an den Baum, und bei jedem Schlag ertönte ein Wiehern, dass der Boden davon erzitterte. Nach dem dritten Schlag schließlich sprang das goldmähnige, Glühasche fressende

Tatoschpferd heraus. „Was wünschst du, lieber Herr?" wieherte es.

„Nicht mehr und nicht weniger als das, mein liebes Pferd: Der Preußenkönig hat dem König von Spanien den Krieg erklärt und ist mit einem unüberschaubaren Heer erschienen, um uns zu vernichten. Schaffe mir ein Regiment Husaren herbei. Prachtvoll sollen sie sein: ihre Rüstungen sollen strahlen wie Gold und das Fell der Pferde so hell sein, dass man es wie einen Spiegel gebrauchen kann."

Kaum hatte Hans seinen Wunsch ausgesprochen, da stand ein herrliches Husarenregiment vor ihm, alle ausgerüstet mit goldenen Harnischen und Goldhelmen, und alle warteten nur auf seine Befehle. Sockenmütze wusch sich mit dem Tau des jungen Morgens, löste sein goldenes Haar und bald stand er vor ihnen, bis er so schön war wie der Morgenstern. Er schwang sich auf sein Tatoschpferd und setzte sich an die Spitze seines goldenen Regiments – ein strahlender Held, bereit für die Schlacht.

„Seht da!" rief der spanische König. „Wer mag das sein? Gewiss ein Königssohn; doch ist er Freund oder Feind?" Mit seinen Schwiegersöhnen ritt er ihm entgegen. „Wenn ich dem erlauchten Prinzen nicht zu nahe trete", begrüßte er den Ankommenden. „Sagt mir, kommt Ihr uns zum Heil, oder um unseren Untergang zu besiegeln."

„Ich komme weder dir zum Heil, noch dir zum Unheil", entgegnete der goldene Reiter. „Ich kämpfe nur für die Wahrheit." Mit dieser rätselhaften Rede musste sich der König zufriedengeben. Er gab seinem Pferd die Sporen und ritt zurück, um sich an die Spitze seines Heeres zu setzen. Die beiden Heere trafen aufeinander. Ein wilder, grausamer Kampf begann, doch bald war klar, dass die Spanier unterliegen würden. Zu hunderten lagen die tapferen Streiter am Boden. Schon stießen die Preußen ein triumphierendes Siegesgeschrei aus, aber just in dem Moment, als sie sich des Sieges sicher wähnten, gab der goldene Reiter das Signal. Goldene Trompeten riefen die Husaren zum Kampf. Wie ein Sturmwind fuhren sie unter den Feind und rieben ihn auf. Der goldene Ritter selbst aber rettete den alten König vor seinen Bedrängern. Dann stürzte er sich auf den Preußenkönig, um mit ihm die Klingen zu kreuzen. Die Krieger, die eben noch in blutigem Kampfe stritten, ließen voneinander ab. Alle Augen richteten sich auf die streitenden Recken. Sie gerieten aneinander, der Preußenkönig und der goldene Reiter. Die Schwerter trafen aufeinander, Funken stoben, doch am Ende zog der Preußenkönig den kürzeren. Als die Preußen sahen, wie ihr König fiel, ließen sie ihre Waffen fallen und liefen davon, doch die goldenen Husaren kannten kein Erbarmen und verschonten nur einen einzigen Mann, damit er die Kunde nach Hause tragen könne.

Die Schlacht war zu Ende. Der alte König bedankte sich überschwänglich bei dem goldenen Reiter. Aber ach! Ausgerechnet jetzt, wo alles vorbei war, geschah das Unglück: Als der goldene Reiter sein Schwert in die Scheide stecken wollte, stach er sich in den Schenkel. Rasch eilte der König herbei, um mit seinem eigenen, goldbefranzten Halstuch die Wunde zu verbinden. Dann schieden sie unter vielen Komplimenten voneinander: der eine ritt nach rechts, der andere nach links. Der goldene Reiter, also unser Hans, ritt jedoch nicht sofort nach Hause, sondern zuerst zur alten Linde. Dort entließ er sein gutes Tatoschpferd mit den goldenen Husaren und schlenderte dann heimwärts. Ja, ihr habt richtig gehört, er schlenderte! Hans hatte sich das Schwert nämlich nicht ohne Grund in den Schenkel gestoßen. Die Wunde war nur oberflächlich, aber sie hatte ihren Zweck erreicht: Der König hatte ihm mit eigener Hand ein untrügliches Erkennungszeichen gegeben; Hans gedachte, es bei passender Gelegenheit zu benutzen. Fürs erste aber war er wieder der Gärtnerbursche mit der Sockenmütze und einem Gesicht, so schmutzig, als ob er drei Wochen Trauben gelesen hätte. Nur hinkte er jetzt ein wenig, denn so ganz schmerzlos war die Wunde doch nicht. Nein, ganz und gar nicht! Nach einigen Stunden tat sie so weh, dass selbst unser großer, starker Held in die Knie ging. Als die Prinzessin, die nicht wusste, dass er in den Kampf gezogen war, ihn humpelnd heimkehren sah, fragte sie erschrocken, was ihm fehle. „Ach, frag lieber nicht, meine Rose! Ich bin gestolpert und habe mir den Fuß gestoßen." – „Zeig ihn her, mein Herz!" – „Aber wozu denn, mein sanftes Veilchen. Er wird schon heilen." Die Prinzessin aber gab sich damit nicht zufrieden und redete ihm so lange zu, bis Hans ihr die Wunde zeigte. Da sah sie den Schwertstich, der mit ihres Vaters eigenem, goldbefranztem Halstuch verbunden war. Sie sprach kein Wort, sondern nahm des Königs seidenes Tuch ab und verband die Wunde mit Tausendgüldenkraut, das sie am Bach gepflückt hatte. Das Halstuch aber nahm sie an sich und ging geradewegs ins Schloss. Sie lief zur ersten Tür, doch der Soldat davor wies sie mit barschen Worten ab. Der König hatte nämlich strengstens befohlen, dass eine gewisse Person (denn Tochter nannte er sie nicht mehr) auf keinen Fall eingelassen werden sollte. Vergeblich klopfte die Prinzessin an der zweiten Tür, und auch an der dritten Tür wurde sie fort gewiesen. Hinter der Tür aber weilte gerade die Königin. Das bitterliche Weinen und Flehen ihrer jüngsten Tochter rührte ihr Mutterherz, und so ging sie hinaus, um zu fragen, was sie wünsche. Die Prinzessin hineinzuführen wagte sie nicht, denn sie kannte ihren jähzornigen Gemahl zu gut. Wie aber staunte sie, als die Prinzessin ihr das goldbefranzte Seidentuch des Königs zeigte und von der Wunde im Schenkel ihres Mannes erzählte.

Mittlerweile war auch der alte König aus seinem Gemach gekommen. Schon wollte er aufbrausen, da sah er sein blutbeflecktes, goldbefranztes Halstuch in der Hand seiner Tochter. „Woher hast du es?" fragte er barsch.

„Woher ich es nahm? Mein erlauchter, königlicher Vater, was soll ich sagen? Mein Mann kam gestern Abend hinkend nach Hause und fing heute Morgen zu jammern an. Als ich ihn fragte, was ihm fehle, wollte er nicht mit der Sprache herausrücken, bis ich ihn zwang, mir sein Bein zu zeigen. Ja, und da sah ich einen Schwertstich in seinem Schenkel, verbunden mit Eurem eigenen Halstuch!"

Die letzten Worte hatte sie ins Leere gesprochen, denn nun endlich waren dem König die Schuppen von den Augen gefallen. Er ließ seine Tochter stehen und stürzte Hals über Kopf in den Garten, geradewegs auf die ärmliche Hütte zu. Er stieß die Tür auf, und wen sah er dort? Niemand anderes als den Befreier seines Reiches, seinen Lebensretter, den Gemahl seiner liebsten, schönsten Tochter! Der alte König erkannte in ihm gleich den goldenen Ritter, neigte sich zu ihm, hob ihn auf und trug ihn auf seinen Armen ins Schloss. Dort pflegte er ihn mit eigener Hand Tag und Nacht, bis er wieder ganz gesund war. Der König ernannte unseren Hans zu seinem Erben; seine beiden anderen Schwiegersöhne hingegen jagte er von dannen, weil sie sich ein Schandmahl auf den Rücken hatten brennen lassen.

Als Hansens Wunde verheilt war, wurden Priester, Henker

und Eisenhut geholt, und dann endlich wurde Hochzeit gefeiert – so richtig nach Ungarnart: Der Priester gab sie zusammen, der Henker schlug sie mit dem Staupenbesen, der Donner schlug neben ihnen ein, aber er traf sie nicht.

Nach dem Tode des alten Königs wurde Hans König. Er war ein guter und gerechter König. Auch seine Schwager nahm er wieder auf, ja mehr noch: er gab jedem von ihnen ein Slowakenherzogtum. Und damit, ihr lieben Leute, ist unsere Geschichte aus. War's ein Märchen, war es Wirklichkeit? Wer weiß, wer weiß.

Die Amsel und die Elster – eine Fabel aus Frankreich

Wusstet ihr, dass die Amsel früher kein schwarzes, sondern herrlich weißes Gefieder hatte? Nein? Es ist aber so, das könnt ihr mir glauben. Nun wollt ihr bestimmt auch wissen, wie es kam, dass sie heute schwarze Federn hat, richtig? Also, das kam so:

Einst saß die Amsel nach bester Amselart gut versteckt in einem Busch. Von dort aus beobachtete sie, wie die Elster Diamanten, Schmuck und Goldstücke in eine Baumhöhle legte. Neugierig kam sie hervor und fragte naiv, wie sie an solche Schätze kommen könne.

Der Elster war es natürlich gar nicht recht, dass sie bei ihrem Tun beobachtet worden war, aber sie wagte nicht, die Amsel abzuweisen aus Angst, verraten zu werden. „Gehe zum Prinzen des Reichtums", erwiderte sie also. „Er wohnt im Innern der Erde. Biete ihm deine Dienste an. Dann wird er dir erlauben, so viele Schätze mitzunehmen, wie du im Schnabel tragen kannst. Wenn du sein Reich betrittst, wirst du viele Höhlen sehen, von denen eine herrlicher ist als die andere. Aber ich warne dich: rühre nichts an, bis du den Prinzen des Reichtums getroffen hast."

Die Amsel ließ sich den Weg zum Eingang ins Erdinnere beschreiben und machte sich auf den Weg. Die erste Höhle war voller Silber. Gerade noch rechtzeitig erinnerte sich die Amsel an den Rat der Elster, nichts anzurühren. Die zweite Höhle indes übertraf die erste bei weitem: Überall strahlte und glänzte es golden, so herrlich, dass die Amsel sich nicht mehr beherrschen konnte. Sie versenkte ihren Schnabel in dem Goldstaub, der den Boden der Höhle bedeckte. Im selben Moment erschien ein grauenerregendes Untier, aus dessen Maul Rauch und Feuer schoss, und rannte geradewegs auf die arme Amsel zu. Mit knapper Not konnte sie sich ins Freie retten, aber der Rauch färbte ihr strahlend weißes Gefieder schwarz, während ihr Schnabel vom Goldstaub golden wurde.

Wenn man jetzt eine Amsel überrascht, zwitschert sie ganz ängstlich, denn sie fürchtet, noch einmal von einem solchen Ungeheuer angefallen zu werden.

GOLDFUSS – EIN MÄRCHEN AUS FRANKREICH

Vor langer Zeit lebte in Pont de Pile Schmied, der im Ruf stand, mit dem Bösen im Bunde zu stehen. Allein bei seinem Anblick sträubten sich vielen schon die Nackenhaare. Er war ein Riese von Wuchs und stark wie ein Paar Ochsen. Mit seiner rußgeschwärztem Haut, dem langen Bart und den borstigen, nach allen Seiten abstehenden Haaren sah er aus wie der Leibhaftige. Und seine Augen! Glühenden Kohlen glichen sie, behaupteten jene, die es gewagt hatten, ihm ins Gesicht zu blicken. Dass er sich keinen Deut um die kirchlichen Fastengebote scherte und selbst am Karfreitag, der doch im Angedenken an den Tod des Heilands in höchsten Ehren gehalten werden sollte, dem Fleischgenuss frönte, war für die Menschen nur ein weiterer Beweis dafür, dass er es mit dem Teufel hielt. Dass der Schmied niemals auch nur einen Fuß in die Kirche setzte, versteht sich von selbst. Ihm selbst schien wenig daran gelegen, seinen notorisch schlechten Ruf zu verbessern. Und warum sollte er auch? Der Schmied war ein grantiger Einzelgänger, ein regelrechter Misanthrop. Niemand durfte das Haus, in dem er lebte, betreten; wenn jemand etwas von ihm wollte, musste er den Meister herausrufen. Dennoch konnte er sich über einen Mangel an Aufträgen nicht beklagen, gab es doch im ganzen Land keinen geschickteren Schmied als ihn.

Der einzige unfreiwillige Gehilfe, den er hatte, war ein riesiger schwarzer Wolf. Wie er zu dem unheimlichen Tier gekommen war, wusste niemand, wohl aber, dass der Schmied das unglückliche Geschöpf in ein Laufrad, von dem der Blasebalg angetrieben wurde, eingesperrt hatte. Er war, mit anderen Worten, ein wahrer Höllenschmied! Dennoch hatten sich schon sieben junge Burschen bei ihm als Lehrlinge gemeldet. Der Schmied sagte nicht nein, doch die Proben, die er ihnen auferlegte, waren so hart, dass sie nach wenigen Tagen starben.

Nun lebte zu jener Zeit in dem benachbarten Weiler La Côte eine arme Witwe mit ihrem Sohn. Die Hände in den Schoß zu legen konnte sie sich nicht leisten, denn wie hätte sie sonst sich selbst und den Knaben ernähren können? Doch obwohl sie sich den lieben langen Tag abrackerte und auch ihr Sohn trotz seines jungen Alters bereits kräftig mit Hand anlegte, reichte es oft nicht einmal für das Nötigste. Als der Knabe sein vierzehntes

Jahr vollendet hatte, sprach er eines Abends zu seiner Mutter: „So kann es nicht weitergehen, Mutter. Wir reiben uns beide in der Arbeit auf und haben doch oft nicht das Geld, uns Brot zu kaufen. Morgen will ich zum Schmied von Pont de Pile gehen und ihn bitten, mich als Lehrling aufzunehmen." Die arme Witwe erschrak. „Aber mein Sohn, das kannst du nicht tun! Hast du vergessen, dass dieser Mensch niemals die Kirche besucht und selbst am Karfreitag Fleisch isst? Die Leute sagen, er sei kein Christ! Bedenke, was das für dein Seelenheil bedeutet." – „Hab' keine Sorge, Mutter, der Schmied wird mich nicht vom Pfad des Heils abbringen", erwiderte der Jüngling. „Aber die Proben! Weißt du nicht, dass schon sieben Burschen gestorben sind bei dem Versuch, sie zu bestehen?" – „Mutter, beruhige dich! Ich werde nicht der achte sein. Mit Gottes Hilfe werde ich die Proben bewältigen." Da erkannte die Witwe, dass sie ihren einzigen Sohn nicht von seinem Vorhaben würde abbringen können. Sie schickte ein inbrünstiges Gebet an die heilige Jungfrau und legte sich schlafen, denn sie war unendlich müde von der harten Arbeit.

Am nächsten Morgen stand der Knabe im ersten Tageslicht vor der Schmiede und rief den Meister heraus. Auf dessen Frage nach seinem Begehr antwortete er: „Euer Lehrling will ich werden, Meister!" – „Nun, so tritt ein, Bursche!" Ohne ein Zeichen von Furcht oder Grauen trat der Knabe ein. „Zeige mir, dass du stark bist!" forderte der Schmied. Da nahm der Knabe einen sieben Zentner schweren Amboss und warf ihn hundert Klafter weit. Der Schmied nickte anerkennend. „Zeige mir, dass du geschickt bist!" Der Knabe ging wortlos zu einem großen Spinnennetz, entwirrte die zarten Fäden und wickelte es zu einem

Knäuel auf, ohne den Faden auch nur einmal zu zerreißen. Die düstere Miene des Meisters wurde etwas heller. „Nun zeige mir noch, dass du Mut hast!" forderte er. Da öffnete der Knabe die Pforte des Laufrades, in dem der riesige schwarze Wolf Tag und Nacht gefangen war. Sofort sprang das Tier heraus. Der Knabe aber ergriff ihn im Sprung, schnitt ihm den Schwanz und alle vier Tatzen auf dem Amboss ab und verbrannte das unglückliche Geschöpf bei lebendigem Leib, denn von Tierschutz hatte man damals noch nichts gehört.

Nun hatte der Schmied genug gesehen. Dieser Bursche, so dachte er, ist wahrlich würdig, mein Lehrling zu werden. „Du hast die Proben bestanden", sagte er mit fester Stimme, die wie Donnergrollen klang. „In drei Tagen sollst du deinen Dienst bei mir antreten. Ich werde dich gut bezahlen. Aber ich wünsche nicht, dass du in meinem Hause wohnst." Zu jener Zeit war es nämlich üblich, dass der Lehrling im Haus des Meisters wohnte und aß. Der Knabe war einverstanden und machte sich auf den Heimweg. Unterwegs dachte er über das Erlebte nach. „Meine Mutter hatte recht. Mein Meister ist kein gewöhnlicher Mensch. Ich will mich verbergen und ihn in den drei Tagen beobachten; vielleicht erfahre ich dann mehr."

Seiner Mutter erzählte er freilich nichts von seinem Vorhaben. Sie war so glücklich, ihn heil und unversehrt wiederzusehen, dass sie nicht einmal fragte, was er erlebt hatte. „In drei Tagen fange ich beim Schmied an", sagte er. „Ich bitte dich, gib mir einen Sack voll Brot und eine Flasche Wein. Ich muss eine Reise machen und darf nicht zögern, sonst komme ich zu spät zurück." Schweren Herzens nahm die Witwe Abschied von ihrem geliebten Sohn. Dass er keineswegs vorhatte, zu verreisen, konnte sie nicht ahnen. Zum Schein marschierte der Knabe in Richtung der Stadt, kehrte jedoch seine Schritte um, sobald er außer Sichtweite war, und begab sich in die Nähe der Schmiede. Dort versteckte er sich in einem Stroh-schober, von wo aus er alles sehen und hören konnte, ohne selbst gesehen und gehört zu werden. Nun hieß es warten. Gegen 11 Uhr nachts öffnete der Schmied ganz leise die Tür des Hauses und sah sich vorsichtig nach eventuellen Beobachtern um. Dann ahmte der hünenhafte Mann den Gesang einer Grille nach: „Cri, cri, cri, komm, meine Tochter, komm, Schlangenkönigin!" Und siehe! Die Schlangenkönigin, lang wie ein Baum und dick wie ein Sack Korn, kam hervor, mit einer schwarzen Lilie auf dem Kopf. Vater und Tochter liebkosten sich wie Liebende. „Habt Ihr einen Lehrling, Vater?" fragte die Schlange. „Ja, mein Kind, endlich werde ich einen haben. Er ist der Sohn einer Witwe aus La Côte – stark, mutig und geschickt." – „Vater, ich habe ihn gesehen. Er gefällt mir." – „Gut, mein Kind, ich will euch verheiraten, wenn er alt genug ist. Jetzt geh, die Mitternachtsstunde ist nahe und ich muss mich fertigmachen." Die Schlange heiraten? Der Knabe schüttelte sich unbehaglich, dann konzentrierte er sich wieder auf das, was sich vor seinen Augen abspielte. Sehr zu seinem Unmut begab sich der Schmied auf eine Wiese in der Nähe des Flusses. Wenn er sein Geheimnis wissen wollte, musste er ihm wohl oder übel folgen. Vorsichtig kroch der Knabe aus dem Stroh heraus und schlich dem Schmied nach. Dabei war er so geschickt, dass nicht ein einziges Zweiglein unter seinen Füßen knackte. Zum Glück boten die Bäume am Rande der Wiese genügend Deckung. Der Schmied von Pont de Pile zog sich unterdessen nackt aus und versteckte seine Kleider in einer hohlen Weide.

Dann streifte er seine Haut ab und heraus kam – ein großer Otter! Auch die Haut versteckte er in der Weide, wobei er murmelte: „Wenn ich sie nicht wiederfinde, muss ich für immer ein Otter bleiben." Damit sprang er ins kühle Nass, gerade als die Sterne Mitternacht zeigten. Er schwamm und tauchte so geschickt, wie es nur Otter können. Wenn er auftauchte, zappelten Fische in seinem Maul, die er im Mondenlicht verzehrte. In der Dämmerung stieg der Otter-Schmied aus dem Wasser, streifte seine Menschenhaut über, zog die Kleider an und kehrte heim. In den nächsten beiden Nächten wiederholte sich das merkwürdige Schauspiel, und jedes Mal wurde der Schmied dabei beobachtet.

Am Morgen des dritten Tages hatte der Jüngling genug gesehen. „Gut", dachte er. „Mein Meister ist also der Vater der Schlangenkönigin und trifft sich jede Nacht mit ihr. Die Schlangenkönigin ist in mich verliebt und will mich heiraten, wenn ich alt genug bin. Mein Meister ist dazu verdammt, von Mitternacht bis zum Tagesanbruch als Otter herumzuschwimmen. Gut zu wissen, aber ich darf nichts sagen."

So betrat er am Morgen die Werkstatt, und die Lehre begann. Auch dabei erwies sich der Knabe als so geschickt, dass er mit fünfzehn Jahren schon mehr konnte als sein Meister. Selbiges ließ er sich jedoch nicht anmerken, denn er fürchtete, der Schmied könnte neidisch werden.

Eines Abends sagte der Meister zu seinem Lehrling: „Höre! In drei Monaten wird der Marquis de Fimarcon seine älteste Tochter mit dem König der Meerinseln verheiraten. Die Braut braucht eine Menge Schmuck, und den soll ich ihr anfertigen. Morgen früh wirst du vorausreisen und die Werkzeuge mitnehmen. Im Schloss von Lagarde wirst du genug Gold, Silber, Diamanten und Edelsteine finden. Schmiede und richte, so gut du es vermagst. Mach den gröberen Teil der Arbeit. Einen Monat vor der Hochzeit will ich nachkommen und das Werk vollenden – Dinge, die du niemals wirst arbeiten können."

Am anderen Morgen kam der Lehrling mit seinem Werkzeug ins Schloss und machte sich gleich nach dem Frühstück ans Werk. Der Meister hatte wahr gesprochen: an Diamanten, Edelsteinen, Gold und Silber mangelte es nicht. Bei diesem Anblick konnte sich der Lehrling nicht mehr zusammenreißen. „Wollen doch sehen, Meister, ob es wirklich eine Menge Dinge gibt, die ich niemals werde machen können", dachte der Jüngling. Und er schmiedete das Gold und Silber, so fein und kunstvoll, wie es nie ein Mensch zuvor gesehen hatte. Er passte die Diamanten ein und richtete alles so herrlich an, dass es eine Lust war, all die schönen Ringen, Ketten und Ohrgehänge zu bewundern. Alles im Schloss war voll des Lobes – alles, außer des Marquis' jüngste Tochter, die schön war wie der helle Mond und sittsam wie eine Heilige. Niemand wusste, dass das Mädchen sich schon längst unsterblich in den fleißigen Jüngling verliebt hatte. Jeden Tag beobachtete sie ihn von Morgens bis Abends bei seiner Arbeit, ohne jemals ein Wort zu sprechen. Eines Abends aber, als sie allein waren, begann sie mit einer Stimme so lieblich wie Vogelgesang zu reden: „Lehrling, lieber Lehrling, du machst so schöne Sachen für meine ältere Schwester. Würdest du noch besser arbeiten, wenn es für eine andere Jungfrau wäre? Sage es mir!" Dabei schlug sie so kokett die Augen nieder, dass dem armen Burschen heiß und kalt wurde. „Ja, mein liebes Fräulein", erwiderte er mit hochrotem Kopf. „Wenn ich eine Liebste hätte, so würde ich für sie eine Halskette machen, wie es sie schöner nicht gibt auf Erden." – „Lieber Lehrling, so sage mir, wie würde diese Halskette aussehen?" – „ Für meine Liebste die Kette wäre aus gelbem Gold, so strahlend wie die Sonne. Ich würde sie glühend aus der roten Esse nehmen und in einer Schale mit meinem eigenen Blut härten. Wenn die Härtung vollendet ist, würde ich sie wieder in die rote Esse werfen, während sich meine Liebste bis zum Gürtel entkleidet. Dann würde ich die goldene Halskette um ihren Hals legen und sich so fest mit ihrem Fleisch verbinden, dass weder Gott noch Teufel sie werden abreißen können. Kraft dieser Halskette wird meine Liebste keinem anderen Manne gehören als mir, ja sie wird nicht einmal an einen anderen denken! Solange es mir gut geht, wird diese Kette strahlend gelb bleiben. Doch wenn mir ein Unglück geschieht, wird sie sich rot wie Blut verfärben. Drei Tage hat meine Liebste dann, um sich fertig zu machen. Ihren Eltern muss sie sagen: Ich werde sterben. Begrabt mich im Hochzeitskleid mit einem Schleier und einem Kranz von Orangenblüten auf dem Kopf und einem Strauß weißer Rosen am Gürtel. Am dritten Tag wird sie einschlafen, so tief und fest, dass jeder glauben wird sie sei tot. Dann wird man sie in diesen Gewändern begraben, doch sie wird nicht tot sein, sondern nur schlafen, solange das Unglück über mir schwebt. Sterbe ich, so wird auch sie sterben; wird aber das Unglück von mir weichen, so werde ich kommen, sie wecken und dann werden wir heiraten."

Da sprach das schöne Mädchen: „Lehrling, liebster Lehrling, schmiede mir diese schöne goldene Halskette!" Und der Jüngling machte sich ans Werk. In sieben Stunden war die schöne Halskette fertig; von gelbem Golde war sie und sie strahlte wie die Sonne. Dann warf der Lehrling sie in die rote Esse, schnitt sich mit dem Messer in den Arm, ließ das Blut in eine Schale tropfen und härtete darin die schöne goldene Halskette. Als die Härtung vollendet war, warf er die Kette wieder in die Glut, während sich das schöne Mädchen bis auf den Gürtel entblößte. Mit nackter Brust stand sie vor ihm, eine zarte Rose im jugendlichen Glanz. Nun legte der Lehrling ihr die schöne goldene Halskette um den Hals, und sie wuchs mit ihrem Fleisch zusammen, so dass weder Gott noch Teufel sie hätten abreißen können. Als dies geschehen war, sprach das schöne Mädchen: „Lehrling, lieber Lehrling, mein Herz gehört auf immer dir. Niemals werde ich an einen anderen denken als an dich." So hatten sie still und heimlich ihren Bund geschlossen – einen Bund, den selbst der Tod nicht auflösen konnte. Das kleine Fräulein ging nun wieder auf ihr Zimmer, und niemand ahnte, was in jenen schicksalhaften Stunden in der Werkstatt geschehen war.

Am nächsten Morgen kam der Schmied von Pont de Pile, um zu sehen, was sein Lehrling in den vergangenen zwei Monaten vollbracht hat. Der Lehrling zeigte ihm das geschmiedete Gold und Silber, die Diamanten und Edelsteine, das Geschmeide und all die schönen Dinge, die er gefertigt hatte. Da begann der Schmied von Pont de Pile anerkennend zu lachen: „Wahrlich, ich sage dir, ich kann dich nichts mehr lehren! Du hast es zu einer Meisterschaft gebracht, die die meine noch übertrifft. Jetzt bist du frei und kannst dich auf eigene Rechnung niederlassen. Aber du würdest mir einen Gefallen erweisen, wenn du noch drei Monate bei mir in der Werkstatt bliebest."

Dann gingen sie zum Marquis de Fimarcon, und der Schmied von Pont de Pile sagte zu ihm: „Marquis de

Fimarcon, unsere Aufgabe hier ist vollendet. Mein Lehrling hat besser gearbeitet, als ich es selber hätte tun können. Nicht mich, sondern ihn müsst Ihr auszahlen." Der Marquis nickte wohlwollend und sprach: „Nimm diese tausend Louisdor, Lehrling." Der Jüngling aber schüttelte den Kopf und erwiderte bescheiden. „Marquis de Fimarcon, ich begehre keinen Lohn. Gebt diese tausend Louisdor den Armen, die sie nötigen brauchen als ich." Daraufhin verabschiedeten sich der Schmied und sein Lehrling und kehrten nach Pont de Pile zurück.

Eine Woche später sagte der Schmied zum Lehrling: „Heute ist Jahrmarkt in Condom. Wir müssen früh dort sein. Trinken wir einen Schluck, bevor wir aufbrechen!" – „Auf Euer Wohl, Meister!" – „Auf das deinige, Lehrling!" Ach, hätte der Jüngling nur gewusst, dass der Schmied ein Schlafpulver in den Wein getan hatte! Kaum hatte der Bursche davon getrunken, fiel er um wie ein gefällter Ochse. Mühelos konnte der Schmied ihn mit starken Tauen an Händen und Füßen fesseln. Um seine Schreie zu ersticken, stopfte er ein Tuch in seinen Mund. Als der Lehrling erwachte, glühte die Esse wie das Feuer der Hölle. Die Zeit der Verstellungen war vorbei; nun zeigte der Schmied sein wahres Gesicht. „Lehrling, du Schuft hast mehr können wollen als ich, dein Meister! Jetzt bist du in meiner Gewalt. Niemand wird kommen und dich erlösen. Wenn du mir nicht gehorchst, wirst du so furchtbar leiden, dass der Tod dir wie eine Erlösung scheinen wird. Sag, willst du meine Tochter, die Schlangenkönigin, heiraten?" Der Lehrling schüttelte heftig den Kopf, denn sprechen konnte er ja nicht. Da nahm der Schmied seine neue, scharfe Säge, die er soeben geschmiedet hatte, sägte langsam, ganz langsam, den linken Fuß des Lehrlings ab und warf ihn ins Feuer. Erneut stellte er die Frage, und erneut schüttelte der Jüngling den Kopf. Wieder griff der Schmied zur Säge und sägte auch den rechten Fuß ab. Als der Lehrling zum dritten Mal die Frage verneinte, begriff der höllische Meister endlich, dass er hier nur Zeit und Mühe vergeudete. Mit einem Fluch warf er den verstümmelten Lehrling auf einen Karren, deckte ihn mit Stroh zu und peitschte sein Pferd, dass es schnell wie der Blitz davonraste.

Bei Sonnenuntergang waren sie weit, weit über die Ebenen hinaus, hatten Länder und Meere durchquert und waren dorthin gelangt, wo noch nie eines Menschen Fuß die Erde berührt hatte. Sie waren im Land der Schlangen, im Königreich der Schlangenkönigin. Dort stand ein Turm ohne Dach, ohne Türen und Fenster, mit einer Wasserlache in der Mitte. Hundert Klafter war der Turm hoch und aus so hartem Mauerwerk gearbeitet, dass weder Hacken noch Pulver ihm etwas anhaben konnten. Nur die Schlangenkönigin konnte durch ein Loch aus- und eingehen, das sich hinter ihr wieder schloss. Der Schmied und die Schlangenkönigin riefen die Herrscher des Gebirges, die Riesenadler, herbei, und der Schmied sprach zu ihnen: „Ihr großen Adler des Gebirges, höret wohl! Nehmt diesen Taugenichts und tragt ihn in den Turm. Dort soll er eingesperrt liegen, bis er meine Tochter, die Schlangenkönigin heiratet. Er soll auf dem Boden schlafen und aus der Pfütze trinken. Aber an Eisen, Gold und Silber soll es ihm nicht fehlen, auch nicht an Diamanten und Edelsteinen. Seine ganze Arbeit werdet ihr ihm bringen. Als Nahrung aber werft ihm nur Brot, schwarz wie Erde und bitter wie Galle, hinab."

Sieben endlos lange Jahre blieb der Lehrling mutterseelenallein im Turm und hatte nichts als die bloße Erde zum Schlafen und den Himmel als Dach. Zur Nahrung hatte er nur verkohltes Brot und das dreckige Wasser aus der Pfütze. Dafür brachten ihm die Adler Gold und Silber, Diamanten und Edelsteine in Hülle und Fülle, auf das er jene Werke ausführte, die sein Meister nicht vollbringen konnte. Indes arbeitete der Lehrling nicht ständig für seinen teuflischen Meister. Hinter dem Amboss hatte er ein tiefes Loch gegraben, in dem er jene Dinge versteckte, die er für sich schmiedete. Das erste war eine Axt von feinstem Stahl, breit und messerscharf. Danach kam ein eiserner Gürtel mit drei Haken. Hierauf schmiedete er sich zwei goldene Füße, die so gut passten wie seine eigenen Füße, die ihm der Schmied von Pont de Pile abgesägt und verbrannt hatte. Zum Schluss kam sein Meisterstück: ein großes Paar Flügel, fest und stabil, aber so leicht wie Federn.

Jeden Abend, wenn die Sonne am Horizont versank, kam die Schlangenkönigin, und sprach zu ihm: „Lehrling, deine Qual wird enden, sobald ich deine Frau bin." Jeden Abend erwiderte der Lehrling: „Niemals werde ich dich heiraten, Schlangenkönigin, denn ich habe eine andere Liebste." Als aber die Flügel vollendet waren, sprach der Lehrling: „Komm, Schlangenkönigin, ich verzichte auf meine Liebste. Nie wieder will ich an sie denken. Die arme Schlangenkönigin! Ihr Herz verzehrte sich vor Liebe und das machte sie blind für die Gefahr. Sie schmiegte sich an den Lehrling, der sie scheinheilig umarmte. So plauderten sie von der Liebe bis zum Aufgang der Sonne. Da sagte die Schlangenkönigin: „Lehrling, liebster Lehrling, deine Qual soll enden. Bald bin ich deine Frau! Leb wohl! Heute

Abend, bei Sonnenuntergang komme ich wieder." – „Lebe wohl, Schlangenkönigin. Die Zeit wird mir lang werden ohne dich", sprach der Lehrling heuchlerisch.

Nicht Sehnsucht, sondern Rachedurst war es, die den Tag wie eine Ewigkeit scheinen ließen. „Nun werden wir ja sehen, wer gewinnt!" dachte der Lehrling grimmig und wog die scharfe Axt in seiner Hand. „Wie heißt es so schön: Wer zuletzt lacht, lacht am besten." Er legte seinen eisernen Gürtel und die goldenen Füße an, drückte sich gegen die Mauer und legte sich neben dem Loch auf die Lauer. Als die Schlangenkönigin hereinkroch, trat ihr der Lehrling flugs auf den Hals. Mit einem wütenden Zischen biss sie um sich, doch ihre Zähne trafen nur hartes Metall. Dann trennte der Lehrling ihr auch schon mit einem einzigen Axthieb den Kopf vom Rumpf und hängte die grausame Trophäe an seinen Gürtel. Darauf zog er die Flügel an und erhob sich mit ihrer Hilfe bis zum Rande des Turmes. Mittlerweile war die Nacht hereingebrochen. Aufmerksam studierte der junge Mann den Himmel: da war der Große Wagen, daneben das Himmels-W, dort die Nördliche Krone... Die vertrauten Muster der Sterne wiesen ihm auf seinem nächtlichen Flug den Weg.

Auf dem Dach des Hospitals von Lectoure machte er Halt, aber nicht aus Müdigkeit, sondern weil er von hier aus sowohl auf den Weiler La Côte, als auch auf die Häuser von Pont de Pile und den Fluss hinunterblicken konnte. Nun hieß es warten, denn seine Rache war noch längst nicht vollendet. Als die Glocken die elfte Stunde verkündete, sah er, wie der Schmied von Pont de Pile sein Haus verließ, um sich in einen Otter zu verwandeln und bis zum Morgengrauen im Fluss zu schwimmen. Der Lehrling wartete bis zum letzten Schlag der Mitternachtsstunde. Dann flog er schneller als eine Schwalbe zu jener hohlen Weide, in der der Schmied seine Menschenhaut versteckte, hängte sie an einen Haken seines Gürtels und erhob sich hoch in die Lüfte. Von dort aus rief er hinab: „Ho! Schmied von Pont de Pile! Ho! Ho! Ho!" Erstaunt richtete der Otter seinen Blick in den Nachthimmel, doch alles was er sah, war ein großer Vogel. „Was willst du von mir, Vogel?" – „Schmied von Pont de Pile, ich bringe dir Nachricht von deiner Tochter, der Schlangenkönigin!" – „So rede, großer Vogel!" – „Ein großer Vogel bin ich nicht, Schmied von Pont de Pile. Ich bin dein Lehrling, den du sieben Jahre lang in Qualen leiden ließest. Du willst Nachrichten von deiner Tochter? Nun, so höre: Deine Tochter ist in zwei Stücke geschnitten. Hier hast du ihren Kopf und ihren Rumpf – versuch doch, sie zusammenzuflicken!" Damit warf er die Überreste seiner grausamen Tat in den Fluss. Der Schmied von Pont de Pile schrie vor Wut und Schmerz auf, doch der Lehrling war nicht fertig. „Schmied von Pont de Pile, du hast noch nicht genug gebüßt für das, was du mir angetan hast! Sieh her, hier ist deine Menschenhaut, sie hängt in meinem Gürtel. Nun musst du ein Otter bleiben für alle Ewigkeit." Mit einem Aufschrei tauchte der Schmied von Pont de Pile in den Fluss. Seither hat ihn niemand mehr gesehen.

Der Lehrling aber flog zum Häuschen seiner Mutter und klopfte an. Die arme Witwe fiel vor Freude fast in Ohnmacht. Tränen flossen ihr über die runzligen Wangen. Mit zitternden Händen betastete sie das Gesicht ihres geliebten Sohnes und rief dabei in einem fort: „Jesus Maria! Du bist es! Du bist es wirklich! So lange habe ich auf dich gewartet!" – „Ich konnte nicht früher kommen, Mutter", erwiderte der Lehrling liebevoll. „Doch jetzt hat alle Not ein Ende. Ich bin ein Meisterschmied geworden und kann gutes Geld verdienen. Nun bitte ich dich, zünde das Feuer an! Mach den Rost warm und stell Brot und Wein auf den Tisch. Ich bringe Fleisch; es hängt hier, an meinem Gürtel." Beim Anblick der Haut stieß die arme Witwe einen entsetzten Schrei aus. „Jesus Maria, Sohn! Das ist ja eine Menschenhaut! Was hast du getan!"

„Beruhige dich, Mutter! Eine menschliche Haut ist es, das ist wahr, doch ist es nicht die Haut eines Christenmenschen. Es ist die Haut des Schmieds von Pont de Pile, der nun für alle Ewigkeit ein Otter bleiben muss." Ob die Witwe die Haut, als diese eine Stunde später gekocht und gebraten auf dem Tisch stand, mit Genuss aß, ist nicht überliefert, aber Tatsache ist, dass der Otter-Schmied mit diesem halb-kannibalistischen Mahl die letzte Chance verloren hatte, jemals wieder in Menschengestalt auf Erden wandeln zu können.

Als dies vollbracht war, legte der Lehrling seine Flügel wieder an und flog, hundertmal schneller als eine Schwalbe, zur Schlosskapelle von Lagarde, wo seine Liebste seit sieben Jahren in einem todesähnlichen Schlaf gefangen lag. Entschlossen drückte er die Tür ein, entzündete eine Kerze und hob die Steinplatte der Gruft an, als ob sie nicht schwerer als ein Blatt Papier wäre. Er sprang hinein, riss den Deckel des Sarges auf und rief: „Ho! Kleines Fräulein, steh auf! Sieben Jahre hast du geschlafen!" Da seufzte das schöne Mädchen abgrundtief, öffnete blinzelnd die Augen und sah sich verwundert um. Im nächsten Moment hing sie am Hals ihres Geliebten und küsste ihn. Gemeinsam traten sie in die Kapelle und beteten. Endlich sagte der Lehrling: „Kleines Fräulein, der Tag ist nahe. Geht in Euer Zimmer und bleibt dort, bis ich Euch rufe."

Darauf ließ sich der Lehrling beim Schlossherrn anmelden. „Guten Tag, Marquis de Fimarcon, erkennt Ihr mich?" begrüßte er ihn. Der Marquis hob erstaunt eine Augenbraue und schüttelte langsam den Kopf. „Schade, denn wisset: Ich bin der Lehrling des Schmiedes von Pont de Pile. Vor sieben Jahren, als Eure älteste Tochter den König der Meeresinseln heiratete, habe ich zwei Monate lang bei Euch gearbeitet." – „Oh ja, jetzt erkennen wir dich!" – „Marquis und Marquise de Fimarcon", fuhr der Lehrling fort. „Ihr habt, wie ich mich entsinne, noch eine jüngere Tochter; sie war damals dreizehn Jahre alt und hat mir immer bei der Arbeit zugesehen. Ich frage mich, was aus ihr geworden ist. Gewiss ist sie jetzt mit einem Fürsten verheiratet?"

„Ach nein", seufzte die Marquise traurig. „Vor sieben Jahren hat sie uns der liebe Gott genommen. Wir haben sie in ihrem Hochzeitskleid begraben, mit einem Kranz aus Orangenblüten auf dem Kopf und einem Strauß weißer Rosen am Gürtel." – „Marquis und Marquise de Fimarcon, wollt ihr mir bei eurer Seele und der Strafe ewiger Verdammnis schwören, dass ihr mir eure jüngste Tochter zur Frau gebt, wenn ich sie euch lebend wiedergebe?" – „Wir schwören, bei unserem Seelenheil, wir schwören!" – „So lasst rasch den Priester rufen! Ich hole derweil eure Tochter." Wenige Minuten später führte der Lehrling das Mädchen herein und übergab sie den überglücklichen Eltern. Noch am selben Tag wurden die beiden jungen Leute getraut; vierzehn Tage lang dauerten die in aller Eile organisierten Hochzeitsfeierlichkeiten. Der Lehrling, der nun ein Meisterschmied war, lebte mit seiner Frau glücklich und zufrieden. Zwölf Söhne wurden ihnen geschenkt. Der älteste von ihnen war so stark wie sein

Vater und wunderschön und hatte nur einen Makel: Sein ganzer Leib war mit feinen gelblichen Härchen bedeckt, genau wie die Haut eines Otters. Das kam daher, weil sein Vater in der Nacht vor der Hochzeit die Haut des Schmiedes von Pont de Pile verzehrt hatte.

DIE NEIDISCHE SCHWESTER – EIN MÄRCHEN VOM BALKAN

Vor langer Zeit lebten einmal zwei Schwestern, die unterschiedlicher nicht hätten sein können, denn die eine war reich, die andere aber bettelarm. Die reiche Schwester verabscheute ihre arme Verwandte und wollte sie nicht einmal sehen, obwohl sie doch Schwestern waren. Aber wie heißt es so schön? Das Schicksal geht manchmal seltsame Wege, und so kam es, dass die ungleichen Frauen zur gleichen Zeit schwanger wurden. Die Arme hatte aber noch nicht einmal ein vernünftiges Bett zu Hause, und so ließ der Mann sein kreisendes Weib ins Bad bringen. Ein Fußmarsch von zwei Stunden bedeutete zwar eine Tortur für die arme Frau, aber was blieb ihnen anderes übrig? Unter Qualen gelangte sie dorthin und gebar in der Tiefe der Nacht ein wunderhübsches Mädchen – zur selben Zeit, zu der auch die reiche Schwester eine Tochter zur Welt brachte.

Während die arme Frau sich von den Strapazen der Geburt ein wenig ausruhte, kamen drei Feen an das Bett der frisch Entbundenen. Wohlwollend betrachteten sie das zarte Mädchen, das in den Armen seiner Mutter schlummerte. „Diamanten sollen aus dem Haar dieses Mädchens fallen, wann immer es sich kämmt", sagte die erste. „Ihre Tränen sollen zu Perlen werden", sprach die zweite. „Und ich", sagte die dritte, „will machen, dass eine leuchtende Rose aus ihren Wangen kommt, wenn sie lacht, und dass der Prinz sie zur Frau nimmt." Damit verschwanden die drei Feen. Die Mutter aber hatte die Worte wohl gehört und bewahrte sie in ihrem Herzen.

Auf dem Heimweg begegnete sie dem Prinzen, der mit großem Gefolge zu einer Reise aufgebrochen war, doch sie erkannte ihn nicht. Der Prinz aber bemerkte, wie dem Mädchen, das gerade weinte, Perlen über die Wangen liefen. Der Anblick rührte ihn so, dass er die Mutter bat, ihm das Mädchen zur Frau zu geben, wenn es das heiratsfähige Alter erreicht hätte. Diese aber erwiderte, was sie von den Feen gehört hatte und dass der Sohn des Königs ihre Tochter heiraten werde. Der Prinz staunte nicht schlecht, als er das hörte, und erwiderte: „Nun, so wisse, ich selbst bin der Sohn des Königs." Da willigte die Mutter erfreut ein. Der Prinz nahm darauf seinen Ring, gab ihn der Mutter und ermahnte sie, ihr Wort nicht zu brechen. Dann nahm er Abschied, und jeder ging seiner Wege.

Bald nach ihrer Heimkehr verbreitete sich das Gerücht, die Arme habe ein wundersames Mädchen geboren, das sogar der Prinz zur Frau begehrte, und wie es bei Gerüchten nun mal so ist, gelangte es viel zu rasch auch an die Ohren der reichen Schwester. Als diese, die nie zuvor das Haus der Armen betreten hatte, von ihrem Glück hörte, eilte sie sofort zu ihr, um das Mädchen zu sehen. „Ach, was für ein süßes Kindchen!" rief sie scheinheilig.

Zeit vergeht im Märchen wie im Fluge, und ehe man es sich versah, waren sechzehn Jahre vergangen und die Zeit herangekommen, zu der das Mädchen zu ihrem zukünftigen Gemahl gebracht werden sollte. Schon bei dem Gedanken daran wurde die reiche Schwester ganz krank, und so schmiedete sie einen hinterlistigen Plan. Scheinheilig kam sie zu ihrer armen Verwandten, strich ihr Honig ums Maul und schlug schließlich vor, das Mädchen gemeinsam zum Schloss zu bringen.

Die Mutter willigte ein. Am Tag der Abreise steckte sie ihrer Tochter den Ring des Prinzen an den Finger, jenen Ring, der ihm als Erkennungszeichen dienen sollte und von dem sie keiner Menschenseele etwas erzählt hatte. Wenige Augenblicke später kam die Schwester herein, und sie machten sich mit ihren beiden Töchtern auf die Reise. Unterwegs gelangten sie an ein Dorf, und da sie müde und hungrig waren, legten sie dort eine Rast ein. Da sagte die Schwester: „Geh du ins Dorf und kauf uns etwas zu essen, ich will indessen auf die Mädchen aufpassen." Ahnungslos machte sich die Mutter auf den Weg. Kaum aber war sie weit genug weg, da griff die reiche Schwester das schöne Mädchen, stach ihr die Augen aus und warf das Mädchen auf einen Misthaufen des Dorfes. Die Augen des armen Mädchens verbarg sie in ihrem Busen. Als die Mutter zurückkehrte, rief sie in gespieltem Entsetzen: „Ach Schwester, ein Unglück, ein furchtbares Unglück ist geschehen! Deine Tochter ist wahnsinnig geworden und davongelaufen. Ich bin ihr nachgelaufen, doch ich konnte sie nicht einholen." Die arme Mutter verlor vor Schreck fast die Besinnung und weinte sich fast die Augen aus, und auch die falsche Schwester drückte sich ein paar Tränen ab. Endlich seufzte die unglückliche Mutter und sagte traurig: „Wir können dem Königssohn die Braut nun nicht mehr bringen; lass uns umkehren." Davon aber wollte die andere nichts wissen: „Aber warum denn? Wir haben doch noch mein Mädchen hier. Warum bringen wir nicht sie anstelle deiner Tochter zum Prinzen?" In ihrer Verzweiflung willigte die Mutter in den Betrug ein. So gelangten sie schließlich ins Schloss. Die reiche Schwester präsentierte sich als jene arme Frau, der der Prinz vor vielen Jahren begegnet war und ihre Tochter als dessen Braut. Die unglückliche Schwester hingegen wurde zum Gänsehüten angestellt.

Das arme Mädchen jedoch war trotz seiner schweren Misshandlung nicht gestorben. Blind und halb wahnsinnig vor Schmerz und Verzweiflung lag es auf dem Misthaufen, bis es sich endlich aufrappelte und fortschleppte. Ein Eseltreiber fand sie, und als er sah, dass Perlen aus ihren leeren Augenhöhlen strömten, nahm er sie mit nach Hause, wo er sie zusammen mit seiner Frau aufpäppelte. Die beiden armen Leute kümmerten sich liebevoll um das seltsame, fremde Mädchen, und so kam es, dass es seinen Kummer wenigstens zeitweise vergaß. Einmal lachte sie sogar, doch was war das! Ein Wunder! Die Frau des Eseltreibers schrie entzückt auf, denn von der Wange des Mädchens spross eine herrliche, leuchtende Rose. Da erinnerten sie sich an eine Geschichte, die sie vor Jahren gehört hatten – die Geschichte von der armen Frau, deren wundersame Tochter einst den Königssohn heiraten sollte. Ihr blinder Gast musste dieses Mädchen sein. Wenn das so war, dann musste die Braut des Prinzen eine Betrügerin sein, genau wie jene Frau, die sie gebracht hatte. Aber wie konnten sie den schandbaren Betrug entlarven? Endlich hatte die Frau eine Idee: „Nimm die Rose und bringe sie bis zum Königspalast", riet sie ihrem Mann. „Dort verkaufe sie, aber nicht für Geld. Wenn man dich fragt, was du dafür verlangst, so sage: Ich will dafür ein Menschenauge." Der Eseltreiber nickte grimmig und machte sich auf den Weg. Vor dem Schloss stellte er sich auf, und bald bildete sich eine dichte Menschentraube, um die wundersame, strahlende Rose zu bestaunen. Auch die böse Schwester erschien und zahlte den Preis, den der Eseltreiber verlangte, denn sie hatte rasch begriffen, woher die Rose stammen musste. Kaum hatte sie die leuchtende Blume in ihren Händen, eilte sie in den Palast, um sie zusammen mit einigen Perlen, die sie schon vor langer Zeit extra zu diesem Zwecke aufbewahrt hatte, dem Prinzen zu zeigen. „Was braucht Ihr denn noch für Beweise?" fragte sie vorwurfsvoll. Der Prinz nahm die Rose, betrachtete nachdenklich die Perlen und gab der Frau einen Wink, sich zu entfernen. Mit unterwürfiger Miene gehorchte die falsche Schlange, aber in ihrem Inneren brodelte es. Warum zögert dieser Ochse noch? murmelte sie wütend. Des Prinzen Zögern hatte jedoch einen guten Grund: Er erinnerte sich noch sehr genau an den Ring, den er der Mutter des Mädchens gegeben hatte. Von diesem Ring aber ahnte die falsche Schwester nichts.

Der Eseltreiber indes brachte seinem lieben Gast das Auge und setzte es ihr ein. Das Mädchen lachte vor Freude, und wieder fiel eine leuchtende Rose von ihren Wangen. Auch diese brachte der Eseltreiber vor das Schloss und verkaufte sie für ein Auge. So gewann das Mädchen beide Augen zurück. Überglücklich umarmte sie ihre freundlichen Retter, wobei eine ganze Schar von leuchtenden Rosen in die kleine Stube fielen. Die armen Leuten ließen sich das gerne gefallen, dann sagten sie: „Du bist die wahre Braut des Prinzen! Wir wollen gehen und die Betrügerin entlarven." So machten sie sich mit dem Mädchen auf den Weg in den Palast. Der Prinz erkannte sie sofort, trug sie doch den Ring, den er der Mutter zur Verlobung geschenkt hatte. Er überhäufte den Eseltreiber und seine Frau mit

Geschenken und ließ die Hochzeit vorbereiten. Das Mädchen musste ihm alles erzählen, was ihm widerfahren war. Als er erfuhr, was die falsche Tante ihr angetan hatte, befahl er, das böse Weib in Stücke zu hauen und die Reste an die Hunde zu verfüttern. Dann ließ er die Mutter des Mädchens holen und gab ihr so kostbare Kleider, wie es der Mutter einer Königin gebührte. Und so erfüllte sich alles, was die Feen prophezeit hatten – damals, vor so langer Zeit.

Ein Schneewittchen namens Marigo – ein Märchen aus Albanien

Schneewittchen kennt jeder. Die Brüder Grimm haben sich das Märchen vor mehr als 200 Jahren vom Volke erzählen lassen und aufgeschrieben. Generationen von Müttern und Großmüttern haben das Märchen seitdem ihren Kindern vorgelesen – das Märchen von dem Mädchen, dessen Haut so weiß wie Schnee und dessen Haar so schwarz wie Ebenholz war, von der bösen Schwiegermutter, dem magischen Spiegel an der Wand und den sieben Zwergen hinter den sieben Bergen. Ob in Europa, im fernen Asien oder in Amerika – Grimms Schneewittchen eroberte die Welt. Aber wusstet ihr, dass das „deutsche Schneewittchen" nur eines von vielen ist? Kommt, setzt euch zu mir, ich will euch die Geschichte von Marigo erzählen, und eines verspreche ich euch schon jetzt: *Dieses* Schneewittchen kennt ihr noch nicht. Hört also:
Es waren einmal ein König und eine Königin, die hatten ein wunderschönes Töchterchen, das sie unendlich liebten. Jeden Morgen wusch und kämmte die Mutter die Kleine und zog ihr hübsche Kleidchen an, bevor sie ihren Sonnen-

schein der Lehrerin übergab. Das Herz dieser Frau war abgrundtief verdorben, ihre Seele so tiefschwarz, dass wohl selbst der Teufel Angst vor ihr gehabt hätte, doch all dies wusste sie geschickt hinter einer Maske aus falscher Freundlichkeit zu verbergen. So tat sie alles, um sich bei dem unschuldigen Kind einzuschmeicheln, und bald wusste das Mädchen nicht, wen es lieber haben sollte: die Mutter oder die Lehrerin.

Eines Tages sagte die Lehrerin zu der Kleinen: „Hör mal, liebste Marigo, du willst doch viel lieber mich zur Mutter haben, weil ich dich jeden Tag so schön putze oder schmücke, nicht wahr?" Das Mädchen nickte zaghaft. „Dann musst du aber zuvor deine Mutter umbringen, sonst kann dein Vater mich doch nicht heiraten." – „Aber wie soll ich das denn machen?" fragte Marigo. Sie war nämlich noch so jung, dass sie den Unterschied zwischen gut und böse nicht kannte. „Oh, das ist einfach, mach nur alles so, wie ich es dir sage. Wenn du nach Hause kommst, sage deiner Mutter, du willst Feigen und Mandeln aus der großen Marmorkiste haben. Dann wird sie ihren Mägden befehlen, dir welche zu geben. Du aber musst zu ihr sagen: Ich will sie nicht von den Mägden, sondern von dir haben! Da wird sie aufstehen und zu der Kiste gehen. Wenn der Deckel offen ist, darfst du ihn nicht von den Mägden halten lassen, sondern musst ihn selber halten – hast du dir das soweit gemerkt? Gut. Wenn deine Mutter dann den Kopf in die Kiste steckt, lässt du den Deckel einfach los, damit er sie totschlägt. Dann laufe fort und komm zu mir." Das Mädchen nickte artig und versprach, alles so zu machen, wie die Lehrerin es ihr gesagt hatte. Und so geschah es.

Die erste Hürde auf ihrem Weg zur Macht hatte die falsche Lehrerin nun genommen. Die Königin war tot, und somit war der Weg für sie frei. Nun musste sie den frisch gebackenen Witwer nur noch dazu bringen, sie zu heiraten. Auch dazu bediente sich die falsche Schlange des unschuldigen Mädchens. Eines Tages sagte sie zu der Kleinen: „Marigo, willst du nicht deinem Vater sagen, dass er mich heiraten soll, damit ich deine Mutter werde, weil ich dich besser putze und schmücke als deine eigene Mutter es jemals getan hatte?" Artig nickte das Mädchen. Der König aber hatte seine verstorbene Gemahlin von ganzem Herzen geliebt und hörte die Worte seiner Tochter gar nicht gerne. Um die Kleine aber nicht noch mehr zu bekümmern, strich er ihr über den Kopf und erwiderte mit milder Stimme: „Ich will deine Lehrerin heiraten, aber erst dann, wenn meine Schuhe rot werden." Auf diese Weise, so glaubte er, das geliebte Töchterchen beruhigt und gleichzeitig eine neue Heirat verhindert zu haben. Er hatte jedoch nicht mit der Gerissenheit der Frau gerechnet. Als Marigo ihr erzählte, was der König zur Antwort gegeben hatte, gab sie der Kleinen ein Stück rote Kreide und wies sie an, am Abend die Schuhe des Königs damit rot anzustreichen. „Wenn du damit fertig bist, gehst du zu deinem Vater und sagst ihm: Schau, Vater, deine Schuhe sind rot geworden, nun nimm meine Lehrerin zur Frau."
Der König aber war nach wie vor nicht bereit, die Lehrerin zu heiraten, denn tief in seinem Inneren spürte er, wie böse und falsch sie war. „Ich will deine Lehrerin zur Frau nehmen", sagte er zu seiner quengelnden Tochter, „wenn mein Überrock voller Löcher ist." Was folgte, ist klar: Marigo schnitt auf Anweisung der Lehrerin lauter Löcher in den Überrock. Was blieb dem unglücklichen König nun

anders übrig, als das Weib zu heiraten? Zugegeben, sie war eine sehr schöne Frau, doch Marigo war viel schöner als sie, und je älter das Mädchen wurde, um so schöner wurde sie. Einige Jahre gingen ins Land, und aus dem kleinen Mädchen war eine strahlende Schönheit geworden, wie es keine zweite auf der ganzen Welt gab. Die Königin hingegen war zwar immer noch schön, doch auch an ihr hatte die Zeit ihre Spuren hinterlassen: auf der einst makellosen Haut tummelten sich kleine Fältchen, und die Tränensäcke unter ihren Augen konnte selbst die dickste Schminke nicht völlig überdecken. Jedes Mal, wenn die Königin ihre wunderschöne Stieftochter sah, wurde sie ganz grün vor Neid, doch es gelang ihr, ihre Gefühle vor allen anderen zu verbergen. Eines Tages aber hielt sie es nicht mehr aus. Sie ging zum König, schaute ihn mit Leichenbittermiene an und sagte: „Marigo muss sterben! Wenn du es nicht tust, so werde ich sterben." Der König erschrak. „Aber meine Königin, wie kannst du verlangen, dass ich mein eigenes Kind umbringen soll?" Diese jedoch blieb unerbittlich: „Du hast die Wahl: Sie oder ich!" entgegnete sie kalt.

Viele Tage lang weigerte sich der König, die grausame Forderung seiner Gemahlin zu erfüllen, doch endlich sagte er zu ihr: „Lass ein Brot backen und eine Flasche mit Wein füllen. Das will ich mitnehmen und Marigo irgendwo hinführen, um sie umzubringen." Das schwarze Herz der Königin machte vor Entzücken einen Sprung. Sie beeilte sich, den Wunsch ihres Gemahls zu erfüllen und steckte Brot und Wein in den Tragsack. Der König nahm den Tragsack auf die Schulter, fasste das Mädchen bei der Hand und wanderte mit ihr los. „Wohin gehen wir?" fragte Marigo mit mädchenhafter Unschuld. Ihr Vater aber gab keine Antwort, sondern stapfte mit starrer Miene immer weiter und weiter. Er kämpfte mit sich selbst: Sein Herz weigerte sich, den grausamen Wunsch der Königin zu erfüllen, doch er fürchtete ihren Zorn, wenn sie erfuhr, dass das Mädchen noch lebte. Endlich gelangten sie an einen breiten, tiefen Strom. „Vater, so sage mir doch: warum führst du mich in diese Einöde?" fragte Marigo mit zitternder Stimme. Das Schweigen und die finstere Miene des Königs machten ihr Angst. So hatte sie ihren Vater noch nie erlebt.

„Ach Kind", erwiderte der König traurig. „Ach Kind, ich..." Nein, er konnte es nicht! „Sage mir, Marigo, wenn ich das Brot und die Holzflasche hier den Berg hinunterwerfe – wirst du es dann wieder hinaufholen?" Das Mädchen musterte ihn zweifelnd und nickte zögernd. „Ja, Vater, das würde ich tun." So warf der König das Brot und die Flasche den Berg hinunter, und lief davon, während das Mädchen beides zurückbringen wollte.

Als Marigo nach einer Weile wieder oben ankam, war von dem Vater weit und breit keine Spur zu entdecken. Voller Angst sah Marigo sich um, aber da war nichts – absolut nichts. „Vater, lieber Vater!" rief sie jämmerlich. Keine Antwort. Panisch lief sie davon und rief in einem fort nach ihrem Vater, aber nur das Echo antwortete ihr. Schließlich wurde es Abend. Die Nacht senkte sich hernieder, und noch immer hatte Marigo keine einzige Menschenseele getroffen. „Hier unten ist es nicht sicher!" dachte sie. „Ich will auf einen Baum klettern und ein wenig ausruhen. Morgen früh werde ich bestimmt den Weg nach Hause finden." Zum Glück haben die Bäume in Griechenland und Albanien bereits weit unten am Stamm Äste. Marigo fand daher bald einen Baum, auf den sie klettern konnte, machte es sich in einer Astgabel bequem und war im Nu eingeschlafen. Während sie tief und fest in Morpheus Armen ruhte, kamen die drei Moiren, die Schwestern des Schicksals, herbei. „Auf diesem Baum schläft ein Mädchen. Lasst uns ihr Schicksal bestimmen." sagte die erste, und ihre Schwestern erwiderten: „Wohlan, wollen wir ihr Gutes oder Böses wünschen?" Die erste sagte: „Ein gutes Schicksal soll ihr werden." Da ging die älteste zum Baum und sprach: „Höre, Marigo, unten am Fluss liegt ein kleines Kind am Ufer. Das sollst du aufheben, waschen und pflegen." Nun kam die mittlere heran und sprach: „Höre, Marigo, dort unten am Fluss sitzt eine alte Frau mit ungekämmten Haaren. Die sollst du kämmen und streichen, bis sie glatt sind." Jetzt kam die dritte heran und sagte: „Höre, Marigo, wenn du dort am Fluss weitergehst, kommst du an ein Schloss, in dem vierzig Drachenbrüder wohnen. Dorthin sollst du gehen und ihnen von morgen an die Stuben auskehren und ihr Geschirr abspülen. Dann sollst du essen und trinken und dich verstecken, damit sie dich bei ihrer Rückkehr nicht entdecken." Damit verschwanden die drei Schicksalsgöttinnen, als wären sie nie da gewesen.

Am Morgen erwachte das Mädchen und wanderte am Fluss entlang, bis es zu dem Schloss gelangte. Ohne zu wissen, warum, nahm sie den Besen zur Hand, machte die Stuben rein, spülte das dreckige Geschirr, aß und trank etwas und versteckte sich, ganz so, wie es die dritte Schicksalsgöttin ihr bestimmt hatte. Bald danach kamen die Drachen nach Hause und wunderten sich sehr. „Wer mag das für uns getan haben?" sprachen sie untereinander. „Wenn es eine Frau ist, so wollen wir sie als unsere Schwester annehmen, ist es ein Mann, so soll er unser Bruder sein." Als das

Mädchen das hörte, wäre sie beinahe aus ihrem Versteck gekrochen, doch sie traute sich nicht – zu groß war ihre Angst vor den Drachen.

Von nun an reinigte sie jeden Tag das Haus, spülte das Geschirr, aß und trank und versteckte sich wieder. Vergeblich versuchten die Drachen, hinter das Geheimnis ihres unbekannten Wohltäters zu kommen, bis sie eines Abends eine Idee hatten. Am nächsten Morgen blieb einer der Drachen zu Hause und legte sich auf die Lauer, doch er konnte das Mädchen nicht zu Gesicht bekommen. Tags darauf versuchte der zweite Bruder sein Glück, dann der dritte...Es war wie verhext: Keinem von ihnen gelang es, den unbekannten Hausgeist zu entdecken. Endlich kam die Reihe an den vierzigsten Bruder. Ihm gelang es, das Mädchen zu erwischen. Ehe Marigo es sich versah, saß sie auf seinem Schoß und wurde mit Küssen überhäuft. „Wie schön! Jetzt haben wir ein Schwesterchen!" rief er. „Von nun an sollst du aber nicht mehr arbeiten, sondern tun und lassen, was du willst. Wir haben viele Edelsteine und andere Schätze, davon sollst du haben, so viel dein Herz begehrt." So blieb das Mädchen bei den Drachen, die es bald so lieb gewann, als wären es ihre leiblichen Brüder.

So hätten sie bis in alle Ewigkeit weiter in eitel Freude und Harmonie leben können, wenn – ja wenn da nicht die böse Königin gewesen wäre. Ein Spieglein-an-der-Wand hatte sie nicht, doch das brauchte sie auch nicht. Eines Morgens trat die eitle Frau hinaus in den Garten, reckte ihr Gesicht gen Himmel und rief: „Sonne, ich bin schön, und du bist schön, was um mich ist, ist schön, und was um dich ist, ist schön. Sage mir, gibt es eine in der Welt, die noch schöner wäre?" Und die Sonne, die Strahlende, erwiderte: „Du bist schön und ich bin schön, was dich und mich um gibt ist schön, aber nichts auf der Welt kann sich mit der Marigo der vierzig Drachen messen!" Als die Königin das hörte, eilte sie voller Zorn in den Palast und dort geradewegs zum König. „Du hast mich belogen!" schrie sie. „Du hast deine Tochter nicht umgebracht!" Der alte König widersprach, doch die böse Frau gab keine Ruhe: „Lüg mich nicht an!" keifte sie. „Marigo lebt bei den vierzig Drachen! Wenn du nicht willst, dass ich sterbe, so musst du ihr diese vergifteten Haarnadeln geben. Was soll das heißen, du weißt nicht, wo sie ist?! Dann suche sie, du alter Narr, suche sie, bis du sie findest!"

Was sollte der arme König tun? Er verkleidete sich als Händler, nahm die vergifteten Haarnadeln und zog fort. Etliche Wochen suchte er, bis er das Schloss der Drachen gefunden hatte. Hier rief er nach bester Marktschreierart: „Haarnadeln! Beste Haarnadeln! Kauft, ihr Leute, kauft!" Marigo schaute vom Balkon herunter, und rief den Händler herein; dass es ihr Vater war, erkannte sie nicht. „Hier, schönes Mädchen! Sind sie nicht wie geschaffen für dein Haar?" Marigo aber schüttelte den Kopf. „Nimm es mir nicht übel, aber ich habe viel schönere. Meine sind aus Diamanten." Der falsche Händler aber ließ nicht locker und überredete das Mädchen, ihm eine Nadel abzukaufen. Nicht genug damit, steckte sie sich das Ding auch noch ins Haar. Kaum ritzte die Spitze ihre zarte Haut, sank Marigo ohnmächtig zu Boden, so dass jeder meinen musste, sie sei tot.

So fanden die Drachen sie am Abend. „Ach, unser liebes Schwesterchen ist tot!" schrien sie und jammerten und klagten in einem fort. Endlich entdeckte einer der Brüder die Nadel in ihrem Haar. „Seht doch, Brüder!" rief er. „Woher hat unser Schwesterchen denn diese Nadel? Die ist doch nicht von uns." – „Bring sie mal her, wir wollen sehen, was das für eine ist", sagte ein andere. Kaum aber hatte der erste die Nadel aus Marigos Haar gezogen, begann das lähmende Gift von ihr zu weichen. Wenige Momente später schlug das Mädchen die Augen auf und sah sich verwundert um. Die Drachen bestürmten sie mit Fragen, was geschehen war. Als Marigo geendet hatte, sagten sie tadelnd: „Ei, ei, Marigo, haben wir dir nicht gesagt, dass wir dir alles geben wollen, was du dir wünschst, aber dass du nichts von Fremden annehmen sollst? Jetzt siehst du, was geschehen ist, weil du unsere Warnung nicht befolgt hast." Reumütig versprach das Mädchen, sich von nun an an die Worte der Drachen zu halten.

Nach einigen Tagen kam der König traurig nach Hause geschlichen, wo ihn die werte Frau Gemahlin mit den Worten empfing: „Hast du sie vergiftet?" Der König zog den Kopf ein, wodurch er noch ein wenig kleiner wurde, und sagte leise: „Ja, und sie ist daran gestorben." Die Königin stieß einen Freudenschrei aus. Am nächsten Morgen ging sie vors Haus, reckte das Gesicht gen Himmel und rief: „Sonne, Sonne, ich bin schön und du bist schön. Was um mich ist, ist schön, und was um dich ist, ist schön. Sage, gibt es denn jemanden auf der Welt, der noch schöner ist als wir?" Da antwortete die Sonne: „Du bist wahrlich schön, und ich bin wahrlich schön, was um uns ist, ist schön, doch nichts und niemand ist so schön wie Marigo, die bei den vierzig Drachen lebt." --- „Waaaaas?" Die Königin wurde ganz grün im Gesicht, kehrte auf dem Absatz um und rannte wie eine Furie in den Palast zurück. Als der arme König am Abend nichtsahnend nach Hause kam, rollte ihm ein Schwall aus Flüchen und Wehklagen entgegen. „Warum belügst du mich nur so?" rief die

Königin händeringend und tat, als ob sie im nächsten Augenblick in Ohnmacht fallen würde. Ganz ehrlich: Selbst der schlechteste Schmierenkomödiant besaß mehr schauspielerisches Talent als sie, aber was nützte das, wenn der König ihr hörig war? „Hier hast du ein paar Ringe! Gehe zu ihr und gib ihr einen. Sobald sie ihn an den Finger steckt, muss sie sterben."

Wohl oder übel machte sich der König in einer anderen Verkleidung wieder auf den Weg ins Drachenschloss und rief so lange: „Kauft Ringe, kauft Ringe!" bis Marigo auf den Balkon trat. „Kommt herunter, schönes Fräulein, und sehr euch meine Ringe an!" lockte der König. Marigo aber schüttelte den Kopf. „Nein, ich will nicht. Vor ein paar Tagen kam ein Händler hier vorbei, von dem ich eine Nadel gekauft und deswegen viel Ärger bekommen habe. Ich mag keinen von deinen Ringen." – „Ach bitte, seht mich doch an. Ich bin nur ein harmloser armer Wandersmann. Wenn Ihr mir einen Ring abnehmt, ist das gewissermaßen ein Almosen, das Ihr mir gebt." Marigo dachte über die Worte des Fremden nach. „Eigentlich hat er ja recht", sagte sie sich. „Und findet nicht der, der mildtätig ist, Gnade bei Gott?" Sie kaufte also einen Ring, steckte ihn an den Finger, und fiel sogleich wie tot zu Boden.

Als die Drachen bei Sonnenuntergang nach Hause kamen, versuchten sie, ihre menschliche Schwester zu wecken. Sie rüttelten sie, riefen sie beim Namen, suchten ihre Haare nach Nadeln ab, doch da war nichts. Marigo war tot! Weinend schufen sie einen herrlichen, mit Perlen verzierten Sarg, setzten ihre Marigo aufrecht hinein und trugen sie darin zum Garten eines benachbarten Königs. Dort war eine kristallklare Quelle, neben der ein großer

Baum wuchs. Die Brüder knoteten vier silberne Ketten an diesen Baum und hängten den Sarg daran, so dass er direkt über der lebensspendenden Quelle hin und her pendelte. Was sie nicht wussten, war, dass die Pferdeknechte jeden Morgen die königlichen Pferde an dieser Quelle tränkte.

Als der Knecht am nächsten Morgen zur Tränke kam, war die ganze Quelle von einem gleißenden Licht erfüllt. Es stammte von den Perlen, die das Licht der Sonne tausendfach zurückwarfen. Das grelle Licht blendete die Pferde und machte sie scheu, so dass sie nicht trinken wollten. Am zweiten und dritten Tag ging es nicht besser. Da rannten die Knechte zum König und erzählten ihm von dem unerklärlichen, geisterhaften Licht. „Wir haben Angst, denn dort ist es nicht geheuer!" klagten sie. Neugierig ging der König selbst zur Quelle. Heilige Mutter Gottes! Die Knechte hatten nicht übertrieben! Aber woher kam dieses Gleißen und Strahlen? Suchend sah der König sich um, aber er konnte nichts entdecken, bis sein er seinen Blick in die Höhe richtete. „Aber was ist denn das? Holt es herunter!" Nachdem der Sarg auf dem Boden stand, kamen die Pferde ohne Scheu herbei und tranken. Mit der Ruhe des Königs aber war es vorbei. Die Schönheit des Mädchens in dem perlenbesetzten Sarg zog ihn in ihren Bann. Tag und Nacht konnte er an nichts anderes denken als an die unbekannte Schöne. Er aß nichts, trank kaum etwas und schlief so gut wie gar nicht. So ging es Tag für Tag, Woche für Woche, Monat für Monat, bis er nur noch ein Schatten seiner selbst war.

Diese besorgniserregende Veränderung konnte der Königinmutter nicht lange verborgen bleiben. Wieder und wieder drang sie in ihn, aber der König wehrte immer nur ab und sagte: „Mir fehlt nichts, Mutter, wirklich nichts!" So ging es fast ein ganzes Jahr. Blass und hohlwangig schlich der König durch die Gänge des Palasts, so dass man bald schon um sein Leben fürchten musste. In ihrer Not wandte sich die Königin an einen Großen des Reiches, dem der König besonders zugetan war und bat ihn, herauszufinden, was mit ihrem Sohn los war. „Wenn es mir als seiner Mutter nicht gelingt, so mag es Euch vielleicht gelingen."

Der junge Mann versprach, sein Bestes zu geben und ging schnurstracks zum König, den er lange nicht gesehen hatte. Er musste sich nicht verstellen; sein Erschrecken war echt. „Aber was ist denn mit dir los?" rief er entsetzt. „Du siehst ja aus wie ein wandelnder Leichnam? Du hast doch alle Reichtümer dieser Welt – warum läufst du mit einer Miene herum, als ob du zu deinem eigenen Begräbnis gingest! Und was soll das heißen, du hast keinen Appetit? Denkst du denn gar nicht an dein Land und deine Untertanen? Was fällt dir ein, dich so gehen zu lassen? Ein König hat Pflichten, hast du das vergessen? Komm, lass uns hinaus an die frische Luft gehen. Vielleicht bringt dich das auf andere Gedanken." Anfangs sträubte sich der König dagegen, aber der junge Adlige blieb hartnäckig, so dass er schließlich nachgab.

Kaum war er aus dem Schloss, sagte die Mutter zu ihren Mägden: „Nun kommt her, wir wollen das Gemach meines Sohnes durchsuchen. Vielleicht befindet sich das, was ihn so quält, darinnen." Sie mussten nicht lange suchen, bis sie den unter dem Sofa versteckten Sarg fanden. Als sie die Schönheit des Mädchens sahen, verstanden sie, warum der König jegliche Lebenslust verloren hatte. Die Königinmutter aber war eine praktische Frau, und als solche erkannte sie rasch: Gefühlsduselei war hier fehl am Platze!

Es gab nur einen Weg, den König zu retten: Die schöne Leiche musste weg. „Rasch, heizt den Ofen ein!" befahl sie. „Steckt die Leiche hinein und verbrennt sie, denn sonst stirbt mein Freund ihretwegen."

Die Mägde gehorchten, doch als sie die Leiche ins Ofenloch stecken wollten, entdeckte eine der jungen Frauen den Ring. „Halt! Wartet noch einen Moment, ich will erst den Ring hier abziehen! Wäre doch schade, wenn er im Ofen landet!" rief sie. Kaum aber hatte sie den Ring abgezogen, begann sich die vermeintliche Leiche zu regen. Einen Wimpernschlag später richtete sie sich auf, und während die Mägde kreischend beiseite stoben, öffnete Marigo die Augen und sah sich verwundert um. „Wo bin ich?" fragte sie zaghaft. „Wo sind meine vierzig Brüder, die Drachen?" Als die Königin das hörte, zählte sie eins und eins zusammen und befahl, den Ring wieder an den Finger zu stecken. Und richtig: Kaum saß das verdammte Ding wieder an seinem alten Platz, fiel das schöne Mädchen wieder in seinen scheintoten Zustand zurück. Darauf legten sie sie wieder in den Sarg und brachten ihn an seinen alten Platz unter dem Sofa.

Als der König zurückkam, eilte er in sein Gemach, schloss sich dort ein, öffnete den Sarg und betrachtete unentwegt das Mädchen. Einige Tage später aber kam seine Mutter und drang wieder in ihn: „Lieber Sohn, warum sagst du mir nicht endlich, warum du so traurig bist!" – „Ach, lass mich doch in Frieden! Du kannst mir ja doch nicht helfen!" wehrte der König ab. Die Mutter schüttelte tadelnd den Kopf. „Tss, tss! Weißt du nicht, was in der Bibel steht? Du sollst Vater und Mutter ehren! Vielleicht kann ich dir ja doch helfen, also?" Und sie setzte ihm so lange zu, bis er den Sarg unter dem Sofa hervorzog und öffnete. „Kannst

du wiederbeleben, was da drin ist?" fragte er bitter. „Ei, aber warum denn nicht?" erwiderte die Königin. Ehe der König noch begreifen konnte, was geschah, bückte sie sich und zog der schönen Unbekannten den Ring vom Finger. Da seufzte das Mädchen, öffnete die Augen und richtete sich auf. Der König stieß einen Freudenschrei aus und küsste Marigo, die vor Überraschung gar nicht wusste, wie ihr geschah. Der Rest ist schnell erzählt. Die beiden wurden ein Paar, und wenige Wochen später gab es eine solch prächtige Hochzeit, wie man sie noch nie gesehen hatte. Von da an lebten sie glücklich und zufrieden, und wenn sie nicht gestorben sind...aber das wisst ihr ja.
Eine Frage bleibt noch: Was wurde aus dem alten König und der falschen Lehrerin, der bösen Stiefmutter? Nun, das ist nicht überliefert, aber ihr könnt euch darauf verlassen: die drei Moiren haben sich für die mörderische Ex-Lehrerin etwas ganz besonderes ausgedacht! Und was Marigos Vater angeht: Mit solch einer abgrundtief bösen Frau verheiratet zu sein, dürfte für ihn Strafe genug gewesen sein.

Prinz Johann und Prinzessin Windhauch – Ein Märchen aus Ungarn

Es war einmal, der Himmel mag wissen, wo und wann, ein König, der hatte einen Sohn namens Johann. Eines Tages sagte der König zu seinem Sohn: „Irgendwann wirst du auf diesem Thron hier sitzen, daher ist es höchste Zeit, dass du die Welt bereist, denn ein König muss auch wissen, wie es anderswo zugeht." Dagegen war nichts einzuwenden. Prinz Johann machte sich also auf die Reise, und zwar nicht etwa hoch zu Ross und mit großem Gefolge, wie man es von einem Prinzen erwarten könnte, sondern zu Fuß, wie ein gewöhnlicher Mensch. „Wenn ich wissen will, wie das einfache Volk lebt, muss ich mich wie ein einfacher Mann aufführen", sagte er, nahm einen ledernen Ranzen auf den Rücken, einen derben Knotenstock in die Hand und marschierte los, durch sieben mal sieben Länder, über Berge und Seen. Eines Tages begegnete ihm ein unheimlich langer, unheimlich dünner Mann.

„Gott gebe Euch einen guten Tag!" grüßte der Dürre. „Dasselbe wünsche ich dir!" grüßte der Prinz zurück. „Wer bist du, und was ist dein Gewerbe?"

„Man nennt mich Blitzgeschwind, und blitzgeschwind bin ich, denn ich laufe so schnell wie der Blitz." – Was für ein Aufschneider, dachte der Prinz. Laut aber sagte er: „Siehst du den Hirsch dort? Wenn du wirklich so schnell laufen kannst, dann fange ihn!" Blitzgeschwind grinste, rannte los und – glaubt es oder glaubt es nicht – hatte den Hirsch mit drei Schritten eingeholt. Na da machte der Prinz vielleicht Augen!

„Hast du nicht vielleicht Lust, mein Kumpan zu werden?" fragte er, nachdem er sich von seiner Überraschung erholt hatte. „Na und ob! Zu zweit ist es viel lustiger." So zogen sie gemeinsam weiter. Blitzgeschwind entwickelte einen Redeeifer, wie ihn der Prinz selten zuvor erlebt hatte – kein Wunder, hatten ihn doch bisher die Leute wegen seiner Größe und seiner spindeldürren Figur nur ausgelacht. Nach etlichen Tagen begegneten sie einem breitschultrigen Kerl. „Gott gebe euch einen guten Tag!" grüßte der Fremde. „Dasselbe wünschen wir dir!" erwiderte der Prinz. „Wer bist du und was ist dein Gewerbe?" – „Man nennt mich Bergträger, denn ich kann jeden Berg auf meinem Rücken tragen und spüre das Gewicht nicht einmal!" Aufschneider!

dachte der Prinz. Laut aber sagte er: „Das möchte ich sehen!" Da nahm Bergträger einen großen Berg, packte ihn zu beiden Seiten an und – hast du nicht gesehen – nahm er ihn Huckepack!

„Unglaublich!" riefen die beiden Wanderer. „Möchtest du dich uns nicht anschließen?" Natürlich wollte Bergträger! Von nun an zogen sie zu dritt durch die weite Welt. Wie sie so wanderten und schwatzten, kreuzte ein Mann mit sehr, sehr breiter Brust ihren Weg. „Gott gebe euch einen guten Tag!" grüßte er. „Das wünsche ich dir auch", erwiderte der Prinz. „Wer bist du und was ist dein Gewerbe?" – „Blasebalg nennt man mich. Ich kann so stark blasen, dass alle Dächer wie Schneeflocken durch die Luft fliegen, und wenn ich noch ein bisschen stärker blase, reiße ich dreihundert starke Bäume aus der Erde."

„Also das müssen wir uns ansehen!" rief der Prinz. „Zeig mal her, ob du die Eichen dort umblasen kannst!" Blasebalg wies die Wanderer an, hinter ihn zu treten, holte tief Luft und begann zu blasen. Hat die Welt so etwas schon gesehen?! Wie welke Blätter wirbelten die Eichen durch die Luft, ja sogar große Felsen tanzten wie Sandkörner im Sturmwind.

„Hättest du nicht Lust, mit uns zu ziehen?" Nun waren sie schon zu viert.

Einige Zeit später begegneten sie einem Mann mit Pfeil und Bogen. Der nannte sich Triffgut und behauptete, er könne eine Erbse von einem Stein schießen, ohne den Stein mit dem Pfeil auch nur zu berühren. Ihr glaubt, das sei nichts Besonderes? Na dann versucht es mal! Bei so einer Treffsicherheit würde selbst der beste Scharfschütze vor Neid erblassen! Nach der obligatorischen Probe lud der Prinz den Superschützen ein, mit ihnen zu reisen.

Schließlich trafen sie einen kleinen, stämmigen Mann. „Gott gebe euch einen guten Tag!" grüßte der Kleine. „Das wünsche ich dir auch", erwiderte der Prinz. „Wer bist du und was ist dein Gewerbe?" Zu seinem Erstaunen hatte der Fremde einen ganz normalen Namen: Peter hieß er. Seine Fähigkeiten aber waren alles andere als normal: Wenn Peter nämlich den Kopf auf die Erde legte, wusste er, was die Menschen dachten und taten. Auch er schloss sich den Wanderern mit Freuden an. Nun waren sie zu sechst – sechs Gefährten, die durch die Welt zogen. Sie zogen durch sieben mal sieben Länder, ließen die gläsernen Berge hinter sich, durchquerten das Land, wo das kleine Ferkel mit dem kurzen Schwänzchen wühlt, wanderten weit über alle Grenzen hinweg und plötzlich, ehe sie es sich versahen, fanden sie sich im Feenreich wieder. Der König des Feenreichs war sehr reich und sehr mächtig, seine Tochter aber... Seine Tochter: Oh, ich sage euch, die war so schön, dass kein Mensch es zu beschreiben vermag! Wenn sie lief, schien sie zu schweben, und vielleicht war es tatsächlich so – schließlich war sie ja eine Feenprinzessin.

Der König nun ließ im ganzen Land verkünden, er wolle seine Tochter Windhauch demjenigen geben, der sie im Wettlauf besiegen könne. Aber wer sich nicht absolut sicher sei, sollte es lieber gar nicht erst versuchen, denn wenn er verlöre, würde er ihm einen Platz zuweisen, wo seine Fußspitzen gewiss nicht mehr den Boden berühren würden. Trotz dieser deutlichen Warnung kamen die Glücksritter in Scharen herbei – Arme und Reiche, einer größer und prahlerischer als der andere. Nun, was soll ich sagen: Die Seiler brauchten sich in jenen Tagen nicht wegen Arbeitsmangel beklagen.

Auch unsere Gefährten hörten von der ungewöhnlichen Brautschau. „Lasst mich hingehen!" sagte Blitzgeschwind und zog vors Schloss. Hier ließ er sich beim König anmelden und trug ihm sein Begehr vor. Der hatte nichts dagegen; schon am nächsten Morgen sollte der Wettkampf stattfinden. Als Blitzgeschwind in aller Frühe am Palast erschien, hatte sich die Nachricht, dass ein neuer Freier aufgetaucht war, schon überall herumgesprochen. In Scharen waren die Leute herbeigeströmt, denn was brachte mehr Abwechslung in den langweiligen Alltag als solch ein Wettkampf? Das Ergebnis glaubten sie zu kennen; Prinzessin Windhauch trug ihren Namen schließlich nicht ohne Grund. Das Startzeichen wurde gegeben, Windhauch sauste davon wie der Wind, doch viel schneller als der Wind war der Blitz. Als Blitzgeschwind das Ziel erreichte, hatte Windhauch noch nicht einmal ein Viertel der Strecke bewältigt!

Bisher hatte die Prinzessin jeden Wettkampf gewonnen. Dass sie die unglücklichen Bewerber damit zum Tode verurteilte, war ihr egal. Die waren doch selber schuld – niemand hatte sie schließlich gezwungen, hierher zu kommen. Sie, Windhauch, warf sich doch nicht dem ersten Besten an den Hals! Und jetzt das! Wie konnte es dieser rappeldürre hergelaufene Kerl wagen, sie zu besiegen?

Auch der König war über den Ausgang des Wettkampfs alles andere als zufrieden, zumal er sehr genau wusste, wie wütend seine Tochter sein konnte. „Gut, mein Sohn!" sagte er daher. „Du bist tatsächlich ein guter Läufer. Aber meine Tochter fühlte sich heute morgen nicht gut. Ehrlich gesagt, glaube ich nicht, dass du ihr sonst das Wasser hättest reichen können." – „Das käme auf einen Versuch an!"

erwiderte Blitzgeschwind siegesgewiss. So wurde für den nächsten Tag ein zweiter Wettkampf angesetzt, diesmal allerdings nichts in aller Herrgottsfrühe, sondern am späten Vormittag.

Die unerhörte Neuigkeit hatte sich schnell herumgesprochen, und so waren am nächsten Tag noch viel mehr Zuschauer gekommen, um vielleicht Zeugen einer Sensation zu werden. Und sie sollten nicht enttäuscht werden. Windhauch gab ihr Bestes, aber gegen Blitzgeschwind hatte sie keine Chance. Die Prinzessin wäre vor Scham am liebsten im Boden versunken!

„Gut, gut, mein Sohn!" sagte der König mit mühsam verborgener Wut. „Du hast meine Tochter erneut besiegt. Aber du weißt ja, wie es die Zigeuner beim Ringen halten: Aller guten Dinge sind drei!" Blitzgeschwind willigte ein und hätte damit beinahe sein Todesurteil gesprochen. Solange sie es mit gewöhnlichen Bewerbern zu tun hatte, war die Prinzessin guter Dinge gewesen. Jetzt aber war sie an einen Gegner geraten, der ihrem sorgenfreien Leben gefährlich werden konnte. In solch einem Fall mussten andere Mittel her. Außerdem hatte sie noch nie etwas von einem fairen Wettkampf gehalten. Wenn der Gegner zu stark war, musste man ihn schwächen. Scheinheilig schickte Windhauch ihrem Rivalen einen goldenen Diamantring – als Zeichen der Bewunderung, wie sie ausrichten ließ. In Wirklichkeit war es ein Zauberring. Wer immer ihn trug, konnte kaum einen Fuß vor den anderen setzen.

Tatsächlich wäre der hinterhältige Plan wohl aufgegangen, wenn Peter nicht auf seine ganz besondere Art und Weise gelauscht hätte. Er behielt jedoch sein Wissen für sich und weihte nur den Meisterschützen Triffgut ein. Am nächsten

Tag konnte Prinzessin Windhauch ein triumphierendes Grinsen kaum verbergen, denn am Finger ihres verhassten Rivalen sah sie den verhängnisvollen Diamantring funkeln. Mit einem Triumpfschrei raste sie los, während Blitzgeschwind sich kaum von der Stelle rühren konnte. Triffgut aber legte rasch einen Pfeil auf, zielte auf den Diamanten und schoss ihn aus der Fassung. Im selben Moment war der Zauber gebrochen. Blitzgeschwind sauste los, machte seinem Namen alle Ehre und erreichte das Ziel lange vor der Prinzessin. Die platzte fast vor Wut, dass dieser Nichtsnutz sie ein drittes Mal besiegt hatte. Und diesen Landstreicher sollte sie heiraten? Nie und nimmer! Aber noch bevor sie ihren Vater mit einem wütenden Redeschwall überziehen konnte, traten die Sechs Gefährten vor den König und sprachen: „Deine Tochter kannst du behalten! Die ist ja so zickig, dass selbst die Milch sauer wird! Gib uns nur so viel Gold und Silber, wie einer von uns tragen kann." Der König glaubte sich verhört zu haben. Am liebsten hätte er einen Freudentanz aufgeführt. Die Prinzessin aber... Ja, mit der ging eine seltsame Veränderung vor sich. Ihr wollt wissen, warum? Nun, kaum hatte sie den Prinzen erblickt, wurde sie lammfromm und so sanft, dass man auf der ganzen Welt kein sanfteres Geschöpf hätte finden können. Windhauch hatte sich Hals über Kopf in den fremden Jüngling verliebt. Regelrecht krank vor Liebe wurde sie, das könnt ihr mir glauben!

Der König ließ unterdessen Gold und Silber herbeischaffen, doch mit jedem heranrollenden Wagen wurde ihm mulmiger zumute. Das konnte doch nicht mit rechten Dingen zugehen! Jetzt hatte der Kerl, den sie Bergträger nannten, schon mehr als hundert Wagenladungen auf seinem Rücken und verzog noch nicht einmal die Miene. Der König ließ alle Kostbarkeiten des Schlosses herbeischaffen, alle silbernen Messer, alle Schüsseln, Löffel und Leuchter, kurz und gut: alles, was nicht niet- und nagelfest war, wurde auf Bergträgers Rücken getürmt, bis der stämmige Mann unter dem Berg von Schätzen fast verschwunden war. Schließlich, als das Schloss völlig leergeräumt war, kehrten die Sechs dem König den Rücken zu und marschierten frohen Mutes davon. Wie betäubt sah ihnen der Herrscher des Feenreichs hinterher. Es dauerte eine Weile, bis er seinen Schock überwunden hatte, und je mehr das Entsetzen über das, was geschehen war, abnahm, desto größer wurde sein Zorn. Endlich hatte er einen hinterhältigen Plan ausgeheckt: Er würde Windhauch den Fremden hinterherschicken und es so aussehen lassen, als hätten die Sechs die Prinzessin entführt; dann könnte er ihnen ein Regiment Soldaten hinterherschicken, die Halunken niedermetzeln und Schatz und Prinzessin nach Hause bringen lassen. Und das Beste daran war: Niemand würde ihm deswegen Wortbruch vorwerfen können! Das Ganze hatte nur einen Haken: Windhauch war längst mit den Gefährten über alle Berge.

„Waaaaas? Die Prinzessin ist mit diesen Dieben auf und davon???!!!!" Der König tobte vor Wut schlimmer als Rumpelstilzchen und schickte ihnen ein Regiment hinterher, aber Peter legte den Kopf auf die Erde und rief erschrocken: „Hej, Freunde! Der König schickt Soldaten hinter uns her, die sollen uns niedermetzeln und die Prinzessin mitsamt den Schätzen zurückholen." Die Gefährten erblassten; nur Blasebalg lachte verächtlich. „Also wirklich – und deshalb erschreckt ihr? Setzt euch nur ein wenig hin; es wird ohnehin Zeit für eine Rast. Ich

kümmere mich schon um dieses kleine Problem." Damit drehte er sich um und begann zu blasen. Und wie! Ein Sandsturm, wie ihn die Welt noch nicht gesehen hatte, hub an und begrub das gesamte Regiment unter Millionen Tonnen von Staub. Dann machten sie sich die Sechs auf den Heimweg. Als sie nach etlichen Wochen Prinz Johanns Land erreichte, verteilten sie die Reichtümer unter sich und der König verlieh ihnen aus Dank für ihre treuen Dienste Adelstitel. Der Prinz aber heiratete die wunderschöne Feenprinzessin. Auch ich war auf der Hochzeit, und Kinder, ich kann euch sagen: Da wurde aufgetischt, bis sich die Bretter bogen!

PRINZESSIN GRAZIOSE

Es waren einmal ein König und eine Königin, die hatten eine Tochter. Sie war ein zartes, liebliches Mädchen, und so wurde sie von allen nur Prinzessin Graziose genannt. Die drei lebten ohne Sorgen in ihrem Schloss, und nichts auf der Welt schien ihr Glück stören zu können. Dann aber geschah ein furchtbares Unglück: Die Königin wurde krank und alle ärztliche Heilkunst konnte ihr nicht helfen. Sie starb, und wurde unter vielen Tränen begraben. Für den König brach eine Welt zusammen, und er suchte Trost in einer Leidenschaft, die er mit zahlreichen Königen und Hochadligen teilte: der Jagd. Einige Monate nach dem schmerzlichen Verlust kehrte er, müde und erschöpft von der Jagd, im Schloss einer Herzogin ein. Diese Dame war unvorstellbar reich, aber das genügte ihr nicht: Sie wollte mehr, viel mehr! Was war denn schon eine Herzogin, wenn sie genauso gut auch Königin sein könnte! Sie musste nur den König dazu bringen, sie zu heiraten – und sie wusste auch schon, wie! Nicht umsonst sagt man, dass Geld alle Türen öffnet. Gleich nach der Ankunft des Monarchen überredete sie den König, sie in auf einen kühlen Trunk in den Keller zu begleiten. Das ließ sich der König nicht zweimal sagen. „Hier, wählt Euch ein Fass aus!" sagte sie und wies auf die in langen aneinandergereihten Fässer. Der König schlug ein Fass auf, aber anstelle des erhofften Weins fand er dort – Gold. Das Fass war bis an den Rand mit Gold gefüllt! Er schlug ein zweites Fass auf; es enthielt lauter Perlen. Ein drittes war mit Diamanten gefüllt, und so ging es fort. Endlich – dem König wurde schon der Arm schwer – fanden sie doch noch ein Fass mit dem süßesten Wein.

Nach einigen Stunden zog der König fort, aber die List der Herzogin hatte ihren Zweck erfüllt: Der König dachte beim Nachhausereiten unentwegt an die mit Schätzen gefüllten Fässer und daran, wie er in ihren Besitz gelangen könnte, denn er ziemlich habgierig. Gewiss, er könnte der Herzogin den Krieg erklären – ein Grund dafür ließ sich immer finden. Aber was das kosten würde! Nein, nein, einfacher war es dann doch, sie zu heiraten – auch wenn sie unglaublich hässlich war! So hässlich, dass der König trotz seiner Gier etliche Wochen mit sich rang, ehe er überall im Lande verkünden ließ, dass er der Herzogin die Heirat angetragen habe.

Die Vermählung wurde mit großem Pomp gefeiert. Danach wollte die neue Königin in einer prachtvollen Kutsche zur Residenz fahren, doch oh weh! Irgendetwas erschreckte die Pferde, so dass sie scheuten, die Kutsche umwarfen und davonliefen. Das allein wäre schon schlimm genug gewesen. Noch schlimmer aber war, dass die Perücke der Herzogin bei dem Sturz verrutschte und den Blick auf einen kahlen, mit rötlichen Borsten gezierten Kopf freigab.

Und auch das war noch nicht alles: Jedermann konnte nun sehen, dass das eine Bein der Herzogin viel kürzer war als das andere; um nicht zu hinken, hatte sie sich einen Schuh mit einem halbellenhohen Absatz anfertigen lassen. Ihre Zähne waren ebenso falsch wie eines ihrer Augen; die neue Königin war einäugig! Die hohe Dame schäumte vor Wut: Niemals zuvor war sie so gedemütigt worden! Aber wehe demjenigen, der es wagen sollte, sie nicht für die schönste Frau auf Erden zu erklären! Schon am nächsten Tag ließ sie ein Turnier veranstalten und erwählte sich zwölf Ritter, die sie gegen klingende Münze dazu brachte, zu behaupten, die Königin sei die schönste Frau auf der ganzen Welt und jeden, der anderer Meinung war, herausforderten. Angesichts dieser überzeugenden Argumente wagte es niemand, zu widersprechen, als die Königin auf den Balkon trat und sich brüstete, sie sei die Schönste im ganzen Land. Prinzessin Graziose musste dabei, angetan mit einem schlechten Kleidchen, hinter ihrem prunkvollen Stuhl stehen. Beschämt blickte sie zu Boden.

Plötzlich aber geschah etwas, womit niemand gerechnet hatte: Ein fremder Ritter durchbrach die Reihen der Zuschauer, warf seinen Handschuh auf den Platz und rief so laut, dass es jeder hören konnte: „Die Königin ist gewiss das hässlichste Weib auf Gottes Erdball! Nichts auf der Welt gleicht meiner Herzensdame!" Die Königin wurde abwechselnd grün und rot vor Wut, zumal der Ritter auch noch ihre Kämpfer, einen nach dem anderen, und danach noch hundert andere, die sie gegen ihn in den Ring schickte, besiegte! Dann öffnete er eine mit funkelnden Diamanten besetzte Dose und zeigte erst ihr, danach dem versammelten Hof und dem Volk das Bildnis seiner Herzensdame – Prinzessin Graziose! Alles starrte zu ihr hinauf. Als das liebliche Mädchen sich so plötzlich der Aufmerksamkeit einer solch großen Menge ausgesetzt sah, errötete es und versteckte sich hinter den anderen Hofdamen. Anders als ihre Stiefmutter war die Prinzessin nämlich nicht nur unwahrscheinlich schön, sondern auch gut und bescheiden. Nun erhob sich allenthalben ein Gemurmel: „Der Ritter hat recht!" Alles nickte zustimmend. Alles, außer der Königin – die fiel in Ohnmacht.

Während eine Schar von Ärzten sich bemühte, die eitle Königin aus ihrer Ohnmacht zu erwecken, ging die Prinzessin in das Wäldchen, in dem sich ihre Mutter immer so gerne aufgehalten hatte. Dort setzte sie sich auf einen bemoosten Baumstumpf und weinte bitterlich über den Verlust ihrer geliebten Mutter und über das garstige Weib, das von nun an ihre Stiefmutter sein sollte. Plötzlich wurde die Luft von einem lieblichen Duft erfüllt, und eine schöne, edle Dame erschien vor ihr. Die sprach zu dem erstaunten Mädchen: „Weine nicht, liebste Graziose, du bist nicht so allein, wie du glaubst. Ich bin die Fee Amaranthe, deine Patin. Ich werde dir immer helfen, aber du musst so gut bleiben, wie du bist. Versprichst du mir das?" Mit diesen Worten verschwand sie; nur der Duft nach Rosen und Lavendel erinnerte daran, dass es kein Traum gewesen war. Getröstet kehrte Grazose ins Schloss zurück.

Am anderen Morgen ließ die Königin sie rufen. Als das Mädchen in das Gemach der Königin trat, standen dort schon vier böse Weiber, die mit Ruten auf sie einschlugen. Die arme Prinzessin weinte und flehte um Erbarmen, doch vergeblich. „Schlagt sie!" kreischte die Königin. „So schlagt sie doch!" Rute um Rute zerbrach, doch was war das? Plötzlich verwandelten sich die Ruten in Blumen, sobald sie Grazioses Rücken berührten, und bald hielten die Weiber nur noch duftende Blumen in den Händen. Die Königin aber fiel vor Ärger erneut in Ohnmacht.

Am nächsten Tag befahl sie, die Prinzessin in den Wald zu führen und dort den wilden Tieren zum Fraß vorzuwerfen. Da stand sie nun, die arme Graziose, mutterseelenallein und verlassen im finsteren, unheimlichen Wald. Sie zitterte und weinte vor Angst. Plötzlich aber wurde es hell. Wie von Zauberhand erschienen hunderte Kristalllampen in den Bäumen und tauchten den Wald in ein sanftes, heimeliges Licht. Und da! Die Bäume bewegten sich, wichen zur Seite und bildeten eine breite Allee, auf der ein goldener, von sechs schneeweißen Hirschen gezogener Muschelwagen heranrollte. Vor der Prinzessin blieb das wundersame Gefährt stehen. Diener sprangen eilfertig heraus und drängten sie, einzusteigen. Kaum hatte sie Platz genommen, flog der Wagen davon, und im Nu fand sich Graziose in einem herrlichen Palast wieder. Alles hier war aus Gold und so schön, dass Graziose all ihre Angst vergaß und sich wünschte, für immer hier bleiben zu können. Doch schon nach wenigen Tagen erwachte die Sehnsucht nach dem Vater in ihr. „Ach bitte, liebe Fee, lass doch nach ihm schicken!" bettelte sie. Amaranthe sah sie liebevoll an und schüttelte langsam den Kopf: „Das ist nicht möglich, mein Kind!" sagte sie sanft. „Aber wenn du willst, kann ich dir deinen Vater zeigen." Die Fee führte Graziose an einen großen Spiegel. Als das Mädchen hineinblickte, sah sie ihren Vater in gramgebeugter Haltung vor ihrem Bild stehen. Bittere Tränen schossen ihr in die Augen. Als die Fee sah, wie traurig ihr geliebtes Patenkind war, setzte sie Graziose in den goldenen Muschelwagen und schickte sie heimwärts. Der König war überglücklich. Die Königin hingegen kochte vor Wut und gebärdete sich wie eine Furie.

Am nächsten Tag sperrte sie das Mädchen in eine Höhle und herrschte sie böse an: „Hier hast du ein Fass voller Federn. Bis zum Abend hast du sie alle sortiert, und wehe dir, wenn auch nur eine Feder falsch liegt!" Damit rauschte sie davon. Wie betäubt starrte die arme Graziose ihr hinterher, ehe sich ihre Augen langsam auf das Fass richteten. Verzweifelt rang sie die Hände, denn die Aufgabe, die ihr die Königin gestellt hatte, konnte kein Mensch in einem Monat bewältigen, geschweige denn in einem einzigen Tag! Aber was blieb ihr anders übrig? Sie setzte sich hin und machte sich ans Werk, doch als der Abend hereinbrach, hatte sie trotz aller Mühe nur ein paar kleine Häufchen Federn sortiert. Grazioses Verzweiflung wuchs. Endlich, als sie schon alles verloren glaubte, erschien ihre Patin, die Fee, berührte das Fass mit einer Rute, und im Nu erhoben sich die Federn, flogen aus dem Fass und verteilten sich ganz von selbst auf die Häufchen. Innerhalb weniger Augenblicke lagen alle Feder fein geordnet da. Die Fee verschwand – und im nächsten Moment wurde der schwere Riegel der Tür quietschend zurückgeschoben. Mit triumphierendem Grinsen trat die Königin herein, nur, um im nächsten Moment fast zur Salzsäule zu erstarren! „Das ist Hexerei!" kreischte sie und brauste wie eine Furie davon.

Am nächsten Morgen ließ sie Graziose wieder rufen. „Hier", grummelte sie, „hast du eine Schachtel. Trage sie in das Schloss im Wald, wo ich früher wohnte, und gib sie dort ab. Sie enthält viele wunderbare Sachen. Aber ich warne dich: Steck ja nicht deine neugierige Nase hinein, sonst....!"

Was sollte die arme Prinzessin machen? In dem schäbigen Bauernkleid, das ihr die Stiefmutter gegeben hatte, machte sie sich auf den langen Weg. Unbarmherzig brannte die heiße Julisonne vom wolkenlosen Himmel herunter. Schließlich ließ sich Graziose müde unter einem Baum nieder. Nachdenklich drehte sie die Schachtel hin und her. Was wohl darin sein mochte? Neugier und Pflichtbewusstsein lieferten sich einen harten Kampf – die Neugier siegte! Genau das hatte die böse Königin mit ihrer Bemerkung auch beabsichtigt. Kaum hatte Graziose den Deckel ein wenig gelüftet – husch! Da strömten sie heraus: winzige Männlein und Weiblein, nicht größer als zwei Fingerbreit. Prächtig gekleidete Herrchen und Dämchen hüpften in den Wald, gefolgt von Dienern, die reich gedeckte Tischchen trugen, Köche mit winzigen Bratspießen, Musikanten – ein ganzer Hofstaat war es! Wie verzaubert sah Graziose ihnen zu, bis – ja bis ihr die böse Königin einfiel. Erschrocken versuchte sie, die kleinen Wichte wieder einzufangen, doch es war vergebens: Lief sie in den Wald, rannten sie hinaus auf die Wiese, lief sie auf die Wiese, hüpften sie in den Wald. Bald war die arme Prinzessin am Ende ihrer Kräfte. Zum Glück ließ ihre Patin sie auch diesmal nicht im Stich: Mit ihrer Rute berührte sie die kleine Gesellschaft, und schon strebten alle brav in ihre Schachtel zurück. Graziose setzte hastig den Deckel auf und eilte in das Waldschloss, wo man ihr den Empfang der Schachtel ordnungsgemäß quittierte.

Die Königin wäre vor Wut fast geplatzt, als sie den Zettel in den Händen hielt, aber sie schluckte ihren Zorn hinunter. Als sie die Prinzessin das nächste Mal rufen ließ, gab sie sich ungeheuer freundlich, so dass Graziose gar nicht wusste, wie ihr geschah. Den ganzen Tag spazierte die

Königin mit ihrer Stieftochter im Hof und im Garten umher und plauderte so nett, dass es schien, als hätte sie über Nacht eine wundersame Verwandlung durchgemacht. Das war natürlich nicht der Fall. Im Gegenteil: Still und heimlich hatte die Königin ein tiefes Loch im Garten graben und mit einem Stein zudecken lassen. Als sie nun scheinbar zufällig an den Stein kamen, meinte sie wie von ungefähr: „Ich möchte nur wissen, was unter dem Stein sein mag." Eilig stürzten einige Diener herbei und schoben den Stein beiseite. Kaum aber war er fort, gab die Königin dem Mädchen einen Stoß, so dass es hineinfiel. „Was starrt ihr so!" fuhr sie die entsetzten Diener an. „Los, schiebt den Stein wieder an seinen Platz!" Widerwillig gehorchten sie. Graziose aber war nicht tot, sondern schwebte, wie von unsichtbaren Händen getragen, hinab. Kaum hatten ihre Füße den Boden erreicht, erschien eine Tür, die in einen herrlichen Garten hineinführte. Amaranthe wartete bereits auf sie und führte sie, umgeben von einer Wolke von Rosenduft, hinauf zur Erde und direkt zum König, der gar nicht wusste, wie ihm geschah. „So!" sagte die Fee zu ihm und stemmte die Hände in die Hüften. „Wenn du zu feige bist, um deine Gemahlin für ihre Verbrechen zu strafen, dann werde ich es eben selber tun!" Dann befahl sie, die boshafte Königin in dasselbe Loch zu stürzen, in das sie Graziose gestoßen hatte. Als das geschehen war und der Stein wieder am alten Platz lag, kannte der Jubel im Schloss keine Grenzen. Endlich war der Albtraum vorbei! Der König und seine Tochter aber lebten von nun an glücklich und in Frieden.

Und die Moral von der Geschichte: Wer andern eine Grube gräbt, fällt am Ende immer noch selbst hinein!

DAS MALAGYSPFERDCHEN – EINE NIEDERLÄNDISCHE SAGE, NACH EINER HANDSCHRIFT DES 16. JH.

Die folgende Geschichte ist so phantastisch, dass sie wie ein Märchen klingt, und doch soll sich alles genau so zugetragen haben, damals, im Jahre des Herrn 1521, im niederländischen Städtchen Ypern. Zu jener Zeit wohnten in der Recolettenstraße drei Mädchen namens Magdalena Ghyselin, Lucia Larmeson und Maxima van den Driessche. Am Montag nach dem kleinen Tuindag (Kirmes) gingen die drei gegen Abend durch die Stadt, als ihnen in der Tempelstraße ein kleines Pferdchen begegnete, das scheinbar herrenlos hin und her irrte. Nun waren Pferde im 16. Jahrhundert ein ganz alltäglicher Anblick, daher hätten sich die Mädchen normalerweise nicht weiter darum gekümmert. Dieses Pferdchen aber war anders: es hatte kein Fell, sondern eine herrliche, schneeweiße Haut und es war so schön, dass die Mädchen nur staunten. Auf jedem seiner Hinterschenkel prangte das Bild eines grünen Papageis, um den Bauch hingen etliche Blumenranken, seine Beine waren so glatt und rund wie gedrechselte Säulen, die Mähne glich goldenen Fransen, und der Schwanz war aus bunten Bändern zusammengesetzt – jedenfalls berichteten das später die Mädchen. Auf dem Rücken des Pferdchens aber lag ein kostbarer, mit rotem Damast bezogener Sattel.

Während die Mädchen noch staunend das seltsame Pferdchen bewunderten, kam ein Reitknecht herbeigelaufen, dem das Pferdchen zu gehören schien. „Habt ihr jemals so ein schönen Pferd gesehen?" fragte er und tätschelte stolz den Hals des Tieres. Als die Mädchen verneinten, nickte er wissend. „Das glaube ich gerne, denn ein Pferd wie dieses werdet ihr im ganzen Land nicht noch einmal finden. Es stammt aus dem fernen Reich Japonien, wisst ihr? Ich bin heute erst angekommen. Die Leute hier werden noch staunen, wenn sie erst merken, was das für ein Wundertier ist. Nebenbei bemerkt: Es lässt sich von keinem Mann reiten – wer es versucht, wird gnadenlos abgeworfen. Mädchen und Frauen aber trägt es sehr gerne. Hier, sehr ihr, der Sattel ist extra für Frauen gemacht. Will eine Frau es reiten, so kniet sich dieses Tier ganz von selbst nieder, um sie aufsteigen zu lassen. Wollt ihr es versuchen? Nur zu, ihr könnt alle drei zugleich darauf sitzen!"

Welche junge Frau hätte einem solch freundlichen Angebot wohl widerstehen können. Unsere drei Mädchen konnten es nicht. „Was meint ihr?" fragte Magdalena ihre Freundinnen. „Wollen wir? Ich würde mich auch nach vorn setzen." Natürlich wollten sie! Der Reitknecht schien nichts anderes erwartet zu haben, streichelte das herrliche Tier und murmelte in sein Ohr: „Sss, Malagyspferdchen, knie nieder, damit die Jungfern aufsitzen können." Gehorsam ging das exotische Pferdchen auf die Knie und die Mädchen setzten sich in den Sattel. „Nun sagt, holde Jungfern, wo wollt ihr hin?" – „Nach Hause!" antworteten alle drei wie aus einem Munde. „Wir wohnen in der Recolletenstraße." – „Sss, Malagyspferdchen, hast gehört?" fragte der Reitknecht. „Sei brav und führe die Jungfern hübsch sachte fort."

Magdalana nahm den Zaum, und das Pferdchen setzte sich in Bewegung, vorsichtig, dass man die Tritte kaum hören konnte. Zuerst lief es ganz langsam, dann fiel es in einen lockeren Trab und endlich galoppierte es schneller als ein Pfeil davon – aber nicht in die Recolletenstraße, oh nein! Ehe die Mädchen es sich versahen, waren sie zum Tor hinaus. Im rasenden Galopp ging es über Felder und

Wiesen, weiter und immer weiter von Ypern fort. Vergeblich zog und zerrte Magdalena am Zaumzeug, vergeblich schrien und bettelten die Mädchen, es möge anhalten – das Malagypsferd rannte unentwegt weiter. Gewöhnliche Pferde hätten solch ein halsbrecherisches Tempo nicht lange durchgehalten – dieses Wundertier aber schien überhaupt keine Müdigkeit zu kennen. Schon brach der Abend herein, und noch immer lief das Pferd weiter und weiter. Endlich – es war schon dunkel – tauchte vor ihnen ein hell erleuchtetes Schloss auf. Zielstrebig trabte das schneeweiße Tier dem prächtigen Bau entgegen. Vor dem Tor stand es still; offenbar hatten sie ihr Ziel erreicht. Die Mädchen kamen jedoch nicht dazu, lange nachzudenken, denn im nächsten Moment öffnete sich das Tor und das Malagyspferdchen trabte hindurch, während der Reitknecht, der ihnen auf wundersame Weise gefolgt war, das Tor hinter ihnen wieder schloss. Im Innenhof öffnete sich eine Seitentür, aus der etliche reichgekleidete Frauen auf die Mädchen zuschritten, ihnen beim Absteigen halfen und sie in den großen Saal führten. Angst hatten Magdalena und ihre Freundinnen nicht, denn sie spürten, dass ihnen keine Gefahr drohte. Aber was hatte das alles zu bedeuten?
Zögernd betraten sie den von hunderten Kerzen erleuchteten Saal. Alles um sie war so seltsam, so ... wunderbar! Die prächtigen Kleider der Damen, die reich gedeckte Tafel, das Schloss – niemals hatten sie so etwas gesehen. Freundlich nahm sie der Herr des Schlosses in Empfang. Er trug einen Talar aus kostbarem Damast und eine Art Turban, der mit Diamanten und anderen Edelsteinen bestickt war. „Seid mit willkommen und habt keine Furcht, holde Jungfern!" sprach er mit milder

Stimme. „Setzt euch, ich bitte euch!" Scheu suchten sich die Mädchen einen Platz und ließen sich, nachdem der Hausherr sie dazu ermuntert hatte, die köstlichen Speisen schmecken.

Als das Mahl geendet hatte, dachten die Mädchen reumütig daran, dass sich ihre Eltern sicher schon sorgen machen würden und wollten um einen Führer bitten, der sie nach Hause brächte. Da aber erhob sich der Hausherr und sprach, als hätte er ihre Gedanken gelesen: „Liebe Gäste, das Malagyspferdchen hat uns das Glück verschafft, diese schönen Jungfern in unserer Mitte begrüßen zu können. Lasst uns ihnen den Abend so angenehm wie möglich machen. Wir wollen Pfänder spielen."

Als hätten sie nur darauf gewartet, sprangen die Frauen und Mädchen auf und stellten sich in einen Kreis, in dem sie drei Plätze frei ließen. Margaretha Ghyselin sah das wohl, aber eine innere Stimme warnte sie, in den Kreis zu treten. „Es tut mir leid, aber ich kann nicht mitspielen", sagte sie. „Ich muss nach Hause zurück; meine Eltern waren schon viel zu lange auf mich." Ihre Freundinnen sagten dasselbe. In diesem Moment aber ging eine unheimliche Veränderung mit dem Schlossherrn vor. Seine Miene verfinsterte sich und seine Augen glühten so drohend, dass die drei Mädchen sich erschrocken in die Runde setzten.

Das Spiel begann. Der Schlossherr sagte einige Worte, welche die anderen schnell nachsprechen mussten. Die Mädchen aber konnten sich die Worte nie merken, und so mussten sie immer Pfänder geben. Das dauerte so lange, bis sie allen Schmuck und selbst ihre Kleider als Pfand gegeben hatten und in Unterhemden dastanden. Da erhob sich der Schlossherr erneut und sprach: „Wir wollen nun zur Austeilung der Pfänder schreiten, doch zuvor lasst und auf die Gesundheit des Malagyspferdchens trinken; es hat uns diese Jungfern so wunderbar in unser Schloss geführt." Im selben Moment funkelten die Augen der anwesenden Frauen, als würde ein Feuer in ihnen brennen. Der Reitknecht trat in den Saal, goss alle Gläser voll und reichte sie auf einem Brett herum. Dann hoben alle Gäste die Gläser und setzten sie an den Mund. Kaum aber hatten die ersten Tropfen die Lippen der Mädchen benetzt, verschwand das Schloss mitsamt dem Schlossherrn und den reichgekleideten Damen und die Mädchen lagen im taunassen Gras mitten auf einer Wiese. Halb benommen richteten sie sich auf und schauten sich verwundert um. Was war mit ihnen geschehen? Hatten sie etwa alles nur geträumt? Aber wie waren sie dann hierher gekommen, und überhaupt – wo waren sie? Die Antwort auf die zweite Frage lautete, wie sie später erfahren sollten: Sie waren in einer Grube auf dem Kemmelberg, zwei Stunden von Ypern entfernt. Verwirrt und ängstlich kletterten sie aus der Grube heraus. Sie zitterten, doch nicht nur vor Kälte.

Wie lange sie, nur in Hemden bekleidet, auf dem Berg herumirrten, wussten sie im Nachhinein nicht zu sagen. Endlich aber gelangten sie an ein Bauernhaus. Auf ihr Klopfen öffnete der Bauer und fragte, wer sie seien und was sie wollten. Ahnungslos erzählten die Mädchen, was ihnen widerfahren war. „So", sagte der Bauer zu ihrem Entsetzen. „Ihr seid also oben auf dem Hexentanz gewesen!" Jetzt zitterten die Mädchen erst richtig. „Ach bitte, guter Mann!" flehten sie. „Lasst uns ein und gebt uns etwas zum Anziehen!"

„Tu's nicht!" keifte die Bäuerin im Hintergrund. „Das sind Hexen! Halte sie fest, wir wollen sie verbrennen!" – „Recht hast du, Weib!" knurrte der Bauer und hielt Magdalena am Rock fest, während ihre Freundinnen schreiend flüchteten. Magdalena trat und kratzte, bis es ihr endlich gelang, sich aus den Pranken des groben Bauern zu befreien und auch sie flüchten konnte. Ihren Rock aber musste sie zurücklassen.

In sicherer Entfernung traf sie ihre Freundinnen wieder. Weinend fielen sich die Mädchen um den Hals. Der Schrecken saß ihnen tief in den Gliedern. Sie waren todmüde, erschöpft und verängstigt, aber lange ausruhen durften sie nicht, Nach einer kurzen Pause machten sie sich wieder auf den Weg. Diesmal mussten sie zum Glück nicht lange wandern, bis sie zu einer kleinen Herberge kamen. Durch die Begegnung mit den Bauersleuten gewarnt, erzählten sie dem Wirt auf seine Frage nach dem *woher*, sie seien von Räubern überfallen und bis aufs Hemd ausgeplündert worden. Anders als der Bauer hatte der Wirt ein mitleidiges Herz; er ließ sie nicht nur herein, sondern gab ihnen auch Kleider und etwas zu essen. Als sie gar ihre Namen nannten, klatschte er vor Freude in die Hände, denn Magdalenas Vater war ein guter Bekannter von ihm! Sofort ließ er den Knecht die Pferde vor den Wagen spannen, um dann höchstselbst die Mädchen nach Hause zu bringen. In flotter Fahrt ging es in Richtung Ypern, aber es war wie verhext: Nach einer Stunde kratzte sich der Wirt verdutzt am Kopf und sagte zu den drei Mädchen: „Also wirklich! Ich kenne den Weg von Kemmel nach Ypern so gut wie mein Vaterunser, und dennoch habe ich mich verirrt. Er zog an den Zügeln, um den Wagen zum Stillstand zu bringen, doch die Pferde kümmerten sich gar nicht darum. Im Gegenteil: Je stärker der Wirt sie zum Anhalten zwingen wollte, um so schneller liefen sie, bis der

Wagen geradezu durch Wiesen und Bäche flog. Die Pferde galoppierten ohne Rücksicht auf Verluste, gerade so, als wäre der Leibhaftige persönlich hinter ihnen her. Dem braven Mann war das völlig unbegreiflich; die Mädchen hingegen hatten bald begriffen, was gespielt wurde, denn weit voraus sahen sie eine Gestalt, die sie aus leidvoller Erfahrung nur zu gut kannten: das Malagyspferdchen!
Endlich kam der Wagen auf einer breiten Heeresstraße zum stehen – genau in dem Moment, als die ersten Strahlen der Sonne am Horizont erschienen. „Jetzt verstehe ich!" stöhnte der Wirt. „Die Hexen vom Kemmelberg haben meine Pferde mit einem Zauber belegt!" Dann beeilte er sich, einen vorbeikommenden Landmann anzusprechen: „Sagt mir doch, guter Freund, wohin führt diese Straße? Ich kenne den Weg von Kemmel nach Ypern blind, aber hier weiß ich beim besten Willen nicht, wo ich bin." – „Das glaube ich gerne", lachte der Bauer. „Ihr seid gut zehn Stunden von Ypern weg. Diese Straße führt von Steenvoorde nach Kassel." Na das war eine Nachricht! Fluchend setzte der Wirt den Wagen wieder in Bewegung – diesmal in die richtige Richtung. Eine lange, eine sehr lange Rückfahrt lag vor ihnen, aber wenigstens diesmal kam nicht wieder das verfluchte Malagyspferdchen dazwi-schen. Die Freude der Eltern, als sie am Abend ihre vermissten Töchter wieder in die Arme schließen konnten, war riesig.
Ein Jahr später heiratete Magdalena Ghyselin; kurze Zeit danach ließ sie ihr seltsames Abenteuer Datumsangabe auf die Wände ihres schönsten Zimmers malen. Die Grube, in der sich die drei Mädchen nach ihrem unheimlichen Erlebnis wiedergefunden hatten, wurde von nun an „Kinderput" genannt.

DIE GRÄFIN UND DIE WASSERFRAU – EIN MÄRCHEN AUS SCHWABEN

Vor vielen, vielen Jahren Jahren traf eine Gräfin bei ihren Spaziergängen am See auf die dort lebende Wasserfrau. Neugierig sprach sie sie an, und bald plauderten die beiden unterschiedlichen Frauen über alles Mögliche. Von diesem Tag an kam die Gräfin häufig zum See, um die Wasserfrau zu besuchen. Schließlich, als sie schwanger war, bot ihr die Wasserfrau sogar an, die Patenschaft für ihr Kind zu übernehmen. „Ich danke Euch für diese hohe Ehre", erwiderte die Gräfin gerührt. „Ich werde einen Boten zu Euch schicken, wenn es soweit ist." Bald darauf wurde die Gräfin von einer Tochter entbunden. Der Tag der Taufe kam heran, alles war aufs Beste vorbereitet, nur die Wasserfrau war noch nicht da. Man wartete und wartete, doch die Herrin des Sees erschien nicht. Endlich, als man schon glaubte, sie käme nicht mehr, öffnete sich die Tür und die Wasserfrau trat herein. Sie trug einen großen, nassen, weißen Schleier und sah wunderschön aus. Unendlich vorsichtig hielt sie das kleine Mädchen, während der Priester die Taufe zelebrierte. Als Patengeschenk legte sie drei Eier unter das Kissen und sprach dazu: „Hebt diese Eier gut auf! Sie könnten dem Kind einstmals sehr nützlich werden." Niemand wusste zu diesem Zeitpunkt, was sie damit meinte, aber man hütete sich, ihre Worte auf die leichte Schulter zu nehmen.

Schon bei ihrer ersten Begegnung mit der Wasserfrau war es mit der Gesundheit der Gräfin nicht zum Besten bestellt. Schwangerschaft und Geburt hatten zusätzlich an ihren ohnehin schwachen Kräften gezehrt; nur wenige Wochen nach der Geburt starb sie. Der Graf trauerte nicht lange, sondern heiratete bald darauf wieder. Der neuen

Gräfin war der kleine Balg herzlich gleichgültig – schließlich war es ja nicht ihre Tochter. Sie übergab das Mädchen daher einer Kinderfrau und kümmerte sich nicht weiter darum. Diese ging oft mit dem Kind spazieren und ließ es dann mutterseelenallein in der Nähe des Sees spielen, um sich inzwischen mit ihrem Liebhaber zu treffen. So war es die Patin des Mädchens, die Wasserfrau, die das Kind aufzog.

Etliche Jahre gingen ins Land. Aus dem kleinen Kind war ein hübsches, junges Mädchen geworden, und es hätte wohl noch lange so weitergehen können, doch dann geschah ein Unglück. War es ein Windstoß, der die Funken des Feuers aus dem Herd getragen hatte, war es ein achtlos abgestelltes und heruntergefallenes Licht? Egal, Tatsache ist: das schöne Schloss brannte ab, und der Graf wurde in einer einzigen Nacht zu einem armen Mann. Das einzige, was die junge Gräfin vor den Flammen retten konnte, war ihr Eierkörbchen – das Körbchen mit jenen Eiern, die ihr die Wasserfrau zur Taufe geschenkt hatte. Damit flüchtete sie voller Schrecken zu ihrer Patin. „Was soll ich jetzt bloß anfangen?" jammerte sie. „Alles ist futsch!" Die Wasserfrau blickte sie erstaunt an und deutete dann auf das Körbchen. „Aber du hast doch noch die drei Eier! Damit bist du reich genug, denn jedes dieser Eier gewährt dir einen Wunsch, was immer es auch sein mag. Doch ich rate dir: verschwende deine Wünsche nicht leichtsinnig, sondern hebe dir einen für den Notfall auf. Und nun geh durch den Wald und verdinge dich bei der Herrschaft, die dort drüben wohnt, als Magd." Die junge Gräfin sah sie aus verweinten Augen an und nickte tapfer. „Ich will tun, was du sagst, gute Patin", sagte sie und machte sich sogleich auf den Weg. Doch während sie lief, kamen ihr Zweifel: Würde man sie in diesen vornehmen Kleidern überhaupt als Dienstmagd annehmen? Als sie schon fast verzagte, traf sie auf ein Bauernmädchen. „Willst du nicht deine Kleider mit mir tauschen?" fragte sie. Die andere starrte sie ungläubig an, doch als sie sah, dass das vornehme Fräulein es Ernst meinte, willigte sie begeistert ein. Wenige Minuten später bewunderte sie sich in ihrer neuen, feinen Tracht, während die junge Gräfin sich an den groben Stoff des einfachen Kleides erst gewöhnen musste.

So ausstaffiert, wanderte sie weiter, bis sie nach etlichen Stunden an ein Schloss gelangte. „Eine Magd könnten wir schon brauchen", antwortete man ihr. „Aber ich glaube nicht, dass du die harte Arbeit bewältigen kannst, so zart, wie du aussiehst." Die junge Gräfin aber ließ nicht locker, und so behielt man sie doch. Ihre zarten, weißen Hände hatten noch nie zuvor schwer gearbeitet, doch mit der Zeit gewöhnte sie sich daran ebenso wie an den Schmutz auf ihren Kleidern. Bald glich sie in allem einer ganz gewöhnlichen Magd, und nichts erinnerte mehr an ihre vornehme Herkunft.

So gingen sieben lange Jahre ins Land, und noch immer diente die verarmte Adlige im Schloss als Magd. Da gedachte der Sohn des Hauses, dass es Zeit wäre, sich zu verheiraten. Das war an und für sich ein ebenso vernünftiger wie verständlicher Wunsch, nur hatte er sich dummerweise in den Kopf gesetzt, die schönste Frau zum Altar zu führen. Ganz wie der Prinz im Märchen von Aschenputtel ließ auch er also einen Ball veranstalten, zu dem alle jungen Adligen der Umgebung eingeladen wurden. Bekümmert sah die verarmte Gräfin, wie am Abend eine Kutsche nach der anderen heranrollte, und aus jeder Kutsche ein prachtvoll gekleidetes Fräulein stieg.

„Ach, könnte ich doch auch auf den Ball!" dachte sie traurig. Da fielen ihr plötzlich die drei Eier wieder ein. Rasch brachte sie ihre Arbeit zu Ende, eilte in ihre Kammer, wusch sich und wünschte sich dann ein Ballkleid mit allem, was dazu gehörte. Damit ausgestattet, betrat sie den festlich erleuchteten Saal, und siehe da: Sie war in der Tat die Schönste des Abends. Wer mag das wohl sein? tuschelten die vornehmen Fräulein miteinander. Die junge Gräfin war gewissermaßen der Star des Abends. Der Sohn des Hauses aber war ganz hingerissen von ihr, denn sie war nicht nur schön, sondern auch liebenswert und charmant. Als sie schließlich aufbrechen wollte, bat er sie, ihm als Andenken ihr Taschentuch zu schenken und gab ihr das Seine dafür. Dann schlich sie still und heimlich auf ihre Schlafkammer zurück, versteckte das prächtige Kleid und zog ihr schlechtes schmutziges Küchenkleid wieder an.

Dass die schöne Unbekannte bei der Dienerschaft das Gesprächsthema der kommenden Tage war, versteht sich von selbst. Die Mägde überboten sich geradezu in Mutmaßungen darüber, wer das wunderschöne Fräulein, das dem Herren so gefallen hatte, gewesen sein mochte. Sie ist die Tochter eines Ritters aus X, behauptete die Eine. Nein, sie ist eine Freifrau von Y., wollte die andere wissen. Die junge Gräfin hörte dem allem stillschweigend zu und dachte sich ihren Teil.

Nach vier Wochen wurde erneut zum Ball geladen. „Diesmal will sich der junge Herr seine Braut auswählen", schwatzten die Mägde miteinander. Als sie das hörte, wollte die junge Gräfin unbedingt auch auf den Ball, und so opferte sie ihren zweiten Wunsch: ein Kleid voller Diamanten und den dazu passenden Schmuck. Noch mehr als beim ersten Mal staunten die Gäste über das wunderschöne Fräulein. Am meisten aber staunte der Hausherr selbst. Er wich gar nicht mehr von ihrer Seite und gestand ihr am Ende des Abends seine Liebe. „Wenn Ihr mich ebenso in Euer Herz geschlossen habt wie ich Euch in das meine, so bitte ich Euch, werdet meine Frau", sprach er zu ihr.

Die junge Gräfin errötete bis über beide Ohrenspitzen, denn auch sie hatte sich in den jungen Herrn verliebt. Doch was würde er sagen, wenn er die Wahrheit erführe? „Ihr sagt, dass Ihr mich liebt, mein Herr", erwiderte sie leise. „Doch fürchte ich, Euch wird Euer Wort gereuen, wenn Ihr meine wahre Herkunft erfahrt." Der Sohn des Hauses aber beteuerte hoch und heilig, dass nichts in der Welt ihn von seiner Liebe abbringen könne, so dass sie schließlich einwilligte und ihm als Pfand ihren Ring gab, während er den seinen an ihren Finger steckte. Dann ging sie heimlich fort, so dass niemand wusste, wohin sie so plötzlich ver-schwunden war. Die Mägde aber zerrissen sich am nächsten Tag geradezu die Mäuler und verstiegen sich zu den abenteuerlichsten Vermutungen über die Herkunft der schönen Unbekannten. Keine von ihnen beachtete das Küchenmädchen, das mit tief gesenktem Blick in der Ecke die Rüben putzte.

Dann kam der Tag, an dem der große Hochzeitsball gefeiert werden sollte. Den wollte die junge Gräfin auf keinen Fall verpassen, doch dann fiel ihr siedendheiß ein, dass sie nur noch einen einzigen Wunsch frei hatte. Die Patin hat mich so dringend ermahnt, ich soll mir einen Wunsch für den Notfall aufsparen, dachte sie. Nein, ich darf ihn heute nicht opfern. Und so blieb sie, so schwer es ihr auch fiel, zu Hause. Ach, wie viel Leid wäre den beiden jungen Leuten erspart geblieben, wenn sie an jenem Abend zum Ball gegangen wäre! Als seine wunderschöne Braut nicht erschien, glaubte der junge Herr sie für immer verloren. Er aß nicht mehr, trank kaum etwas und konnte Tag und Nacht an nichts anderes mehr denken als an sie. Vor Kummer wurde er ganz krank, doch kein Arzt konnte ihm helfen. Als die junge Gräfin von der Köchin erfuhr, wie es um ihren Geliebten stand, machte sie sich bittere Vorwürfe, dass sie den letzten Wunsch nicht ausgesprochen hatte. Vielleicht wäre dann alles ganz anders gekommen? Wie konnte sie ihm nur helfen und wie konnte sie sich ihm zu erkennen geben?

Ausgerechnet der Arzt, der schon so viel vergeblich versucht hatte, lieferte ihr, ohne es zu wissen, den Schlüssel dazu, indem er dem Kranken eine nahrhafte Suppe verordnete. Das Küchenmädchen erkannte die Chance sofort und bat die Köchin, ihr zu erlauben, die Suppe für den jungen Herrn kochen zu dürfen. „Aber wo denkst du hin?" rief die resolute Herrin der Kochtöpfe empört. „Das ist immer noch meine Aufgabe!" Die junge Gräfin aber ließ nicht locker, so dass sich die Köchin am Ende doch breitschlagen ließ. Das Küchenmädchen bereitete die Suppe, so gut sie es vermochte und warf, als sie fertig war, ihren Verlobungsring hinein.

Da das schmutzige Küchenmädchen die herrschaftlichen Gemächer nicht betreten durfte, brachte die Köchin die Suppe höchstselbst hinauf. Der guten Frau war etwas mulmig zumute: Was, wenn der junge Herr die Suppe verschmähte? Aber das Gegenteil war der Fall: Zu ihrer großen Freude mundete die Suppe dem Kranken sogar ausgezeichnet – so gut, dass er die Schüssel *Ratzeputz* leer löffelte. Auf dem Grunde aber ...

Der unglückliche Bräutigam glaubte zu träumen. Das war doch der Verlobungsring seiner Braut!

„Köchin!" rief er. „Kööööchin!" Erschrocken eilte die Gerufene herbei. Folgte jetzt doch noch das dicke Ende? „Wer hat die Suppe gekocht und diesen Ring hier hineingetan? Das warst nicht du! Also?" Die Köchin wurde blass und stammelte eine Entschuldigung. „E-es tut mir l-leid. D-das Küchenmädchen, dieses nichtsnutzige Ding, bat mich so lange, die Suppe kochen zu dürfen, bis ich es ihr erlaubte. Ich bitte Euch, vergebt mir!" rief sie und fiel auf die Knie.

Sofort wurde das Küchenmädchen gerufen, doch der junge Herr sah ihr gar nicht ins Gesicht, sondern fuhr sie sofort beim Eintreten an: „Also du, du lumpiges Etwas, hast die Suppe gekocht? Wo hast du den Ring her, he?" Das Küchenmädchen senkte den Blick und antwortete leise: „Ach Gott, den Ring haben der gnädige Herr mir doch selbst geschenkt." Der Bräutigam aber wurde erst recht zornig und jagte sie förmlich zum Zimmer hinaus. „Gebt gut auf sie Acht!" befahl er der Dienerschaft. „Ich will wissen, was das Küchenmädchen macht und mit wem sie sich trifft."

Das Küchenmädchen jedoch war inzwischen weinend in die Schlafkammer gelaufen. Nun war genau das eingetreten, was sie befürchtet hatte; ihr Liebster hatte sie verstoßen und wollte die Wahrheit nicht sehen! Eine Hoffnung aber blieb ihr noch. Sie zog das diamantenbesetzte Ballkleid an, nahm das Kleid, das sie auf dem ersten Ball getragen hatte, mit, und auch das Taschentuch, das er ihr damals geschenkt hatte, und ging erneut zu dem Kranken.

Dem Diener, der vor ihrer Schlafkammer auf Lauer stand, fielen fast die Augen aus dem Kopf. Dann aber raste er davon, als wäre eine Herde tollwütiger Hunde hinter ihm her, um der erste zu sein, der dem Herrn die freudige Nachricht überbrachte. Er rannte so schnell die Treppe hinunter, dass er stolperte und sich zu allem Unglück auch noch ein Bein brach. Ein anderer Diener, der unten stand, wurde vom Glanz der Diamanten so geblendet, dass er beinahe erblindete.

In dieser Aufmachung erkannte der junge Herr seine geliebte Braut natürlich sofort. Wie aber erstaunte er, als sie mit leiser, vorwurfsvoller Stimme zu ihm sprach: „Hier steht es nun, das nichtsnutzige, lumpige Ding, das du vorhin aus deinem Zimmer geworfen hast; das dir die Suppe gekocht und den Ring hineingeworfen hat. Hatte ich nicht recht, als ich dich warnte und dir sagte, du würdest mich nicht mehr wollen, wenn du wüsstest, wer ich wirklich bin?" Dann wiederholte sie alles, was er je zu ihr gesprochen hatte. Der Bräutigam wurde abwechselnd rot und blass, denn er erkannte nun, wie bitter er gefehlt hatte. „Ich bitte dich tausendmal um Verzeihung", rief er und fiel auf die Knie. „Ich habe dir furchtbar Unrecht getan! Ob Küchenmädchen oder Märchenprinzessin – ich liebe dich und werde niemals eine Andere heiraten."

Und er hielt Wort, obwohl es ein schwerer Kampf war, ehe er das Einverständnis seiner Mutter erringen konnte. Die wollte nämlich absolut nichts davon wissen, dass ihr Sohn eine hergelaufene Magd heiraten sollte. Schließlich machte sie gute Miene zum bösen Spiel, und so wurden die Hochzeitsglocken geläutet. Endlich, nach so vielen Jahren, schien sich das Schicksal der jungen Gräfin doch noch zum Guten zu wenden. Oder nicht?

In den Augen ihrer Schwiegermutter war und blieb sie das hergelaufene, schmutzige Küchenmädchen, das ihr den Sohn weggenommen hatte. Dafür sollte sie büßen!

Neun Monate nach der Hochzeit schenkte die junge Frau einem hübschen Töchterchen das Leben. Darauf aber hatte die böse Schwiegermutter nur gewartet. Während die junge Mutter erschöpft von den Strapazen der Geburt schlief, nahm sie ihr das Kind weg und warf es in den See. Genauso machte sie es später mit der zweiten Tochter. Ihrem Sohn jedoch erzählte sie, seine Frau habe die beiden Kinder umgebracht. Der wurde daraufhin so zornig, dass er befahl, die Verbrecherin in ihrem eigenen Zimmer zu verbrennen. „Schließt die Tür gut ab und dann heizt den Ofen, bis er glüht!" herrschte er die erschrockenen Diener an. Verzweifelt hämmerte die arme Frau gegen die Tür, doch niemand öffnete ihr. In höchster Not fiel ihr ein, dass sie noch einen letzten Wunsch frei hatte. „Ich wünschte, meine Patin wäre hier!" rief sie in die glühende Hitze hinein. Im selben Moment erschien die Wasserfrau, und auch das Zimmer wurde wieder angenehm kühl. Dann öffnete sie das Zimmer und sprach: „Liebes Patenkind, es war klug von dir, dass du meine Worte befolgtest, denn nur so konnte ich dich retten. Du sollst wissen: Deine beiden Töchter hat deine Schwiegermutter in meinen See geworfen. Ich aber habe sie gerettet und für sie gesorgt. Noch heute Abend will ich sie mit einem Zettel ans Ufer stellen; du musst sie nur abholen und du wirst sehen: alles wird gut."

Und so geschah es. Als die beiden wunderschönen kleinen Mädchen ins Schloss zu ihrem Vater kamen, erkannte er sofort, dass es seine Kinder waren. Überglücklich nahm er sie in die Arme, herzte und küsste sie, während er gleichzeitig seine Gemahlin um Verzeihung bat. Dann las er den Zettel, den sie ihm reichte, und erblasste. Er las ihn ein zweites, ein drittes Mal. „Diener!" rief er so laut, dass es im ganzen Schloss widerhallte. „Durch die Schuld meiner Mutter hätte ich beinahe meine unschuldige Frau umgebracht! Nicht sie, sondern meine eigene Mutter war es, die meine Töchter in den See geworfen hat! Dafür soll sie nun jene Strafe leiden, die sie meiner armen Frau zugedacht hat!"

Das war das Ende der bösen Schwiegermutter, und das ist nun auch wirklich das Ende unserer Geschichte. Warum, wollt ihr wissen? Ganz einfach: Von nun an lebte die junge Gräfin mit ihrem Mann und ihren beiden Töchtern glücklich und zufrieden. Ob ihres gütigen Wesens wurde sie von allen geliebt. Besonders gut aber hatten es jene Mägde, mit denen sie so viele Jahre lang Freud und Leid geteilt hatte, allen voran natürlich *wer?* Richtig: die Köchin, denn hätte sie nicht erlaubt, die Suppe zu kochen....

Zauberturban, Zauberknute, Zauberteppich – Die orientalische Version von Tischleindeckdich

Kennt ihr die Geschichte vom Tischlein-deck-dich, Esel-streck-dich und dem überaus nützlichen Knüppel-aus-dem-Sack? Im fernen Orient erzählt man sich ein ähnliches Märchen, nur treten ein magischer Turban und ein Zauberteppich an die Stelle des Goldesels und des Selbstbedienungstischtuchs. Und auch die Zauberknute hat ganz andere Eigenschaften als der Knüppel-aus-dem-Sack – vor allem keine so schmerzhaften! Vor vielen vielen Jahren nämlich war es, da lebten, ich weiß nicht wo, zwei

Brüder, wie sie unterschiedlicher nicht hätten sein können. Der Ältere war fleißig und richtete mit dem Geld, was ihnen die Eltern hinterlassen hatten, einen Kramladen ein, der Jüngere hingegen war ein echter Tunichtsgut. Er dachte gar nicht daran, sich mit dem elterlichen Erbe etwas aufzubauen, womit er seinen Lebensaufenthalt hätte bestreiten können, sondern lebte sorglos in den Tag hinein und warf das Geld zum Fenster heraus, bis – ja bis er keinen einzigen Dinar mehr hatte. Aber wozu hatte man denn Verwandte? Er ging also zu seinem Bruder, bat ihn um etwas Geld, nur um auch dieses zu verprassen. Er ging erneut zu seinem Bruder, appellierte erneut an ihre brüderlichen Bande, erhielt wieder Geld und verprasste es wieder. Das Ganze ging so fort, bis der Ältere endlich die Nase voll hatte von diesem Plagegeist. In seiner Not war er sogar bereit, alles aufzugeben und nach Ägypten auszuwandern! Er verkaufte also all sein Hab und Gut und bestieg ein Schiff. Aber oh weh! Der Jüngere – mochte der Scheitan ihn holen! - bekam Wind davon und schlich sich klammheimlich auf das Schiff. Der Ältere hingegen versteckte sich bis zur Abfahrt sogar unter Deck, nur um zu verhindern, dass sein Bruder, der ihn bis aufs Blut aussaugte, etwas von seiner Absicht erfahren könnte. Erst als das Schiff bereits mit vollen Segeln übers Meer glitt, kam er hinauf – genau in dem Moment, als auch sein Bruder aus seinem Versteck kroch. Die Wiedersehensfreude war, wie ihr euch vorstellen könnt, recht einseitig.

Da hatte er nun den Salat! Die ganze lange Fahrt bis nach Ägypten haderte der Ältere mit sich selbst und verfluchte sein Schicksal. Als sie nach Wochen im Hafen von Kairo anlegten, gab er sich freundlich uns sagte zu seinem Bruder: „Warte hier, ich will zwei Maultiere für uns suchen, damit wir weiterreisen können." Der Jüngere – er war zugegebenermaßen nicht gerade der Hellste – setzte sich auch tatsächlich brav hin und wartete. Und wartete, und wartete, und wartete, doch wer nicht kam, war – wen wundert's? – der Bruder. „Ich werde ihn suchen", dachte der Bursche und marschierte drauflos.

Er ging und ging, er machte große Schritte, er machte kleine Schritte, immer schön auf der Wiese entlang, aber als er nach sechs Monaten hinter sich blickte, sah er, dass er kaum ein Stück vorwärtsgekommen war. Na ja, um der Wahrheit die Ehre zu geben: Er war nicht sechs Monate, sondern lediglich sechs Stunden marschiert. Aber für einen Tagedieb, der bisher nichts weiter getan hat als Faulenzen, können sechs Stunden schon zu einer halben Ewigkeit werden. Immerhin – die Erkenntnis, erst so wenig gelaufen zu sein, kitzelte seinen Ehrgeiz, so dass er von nun an tatsächlich größere Schritte machte. Und siehe da: nun kam er wirklich voran. Er wanderte durch Wiesen und Wälder, überquerte Bäche und Flüsse, stiefelte etliche Berge hinauf, aber alles natürlich schön gemütlich – gut Ding will schließlich Weile haben! Da kam es schon mal vor, dass er ein paar Stunden lang Veilchen pflückte oder den Vögeln zusah. An sein ursprüngliches Ziel dachte er schon längst nicht mehr.

Etliche Monate mochten so vergangen sein, als er an den Fuß eines Berges gelangte, wo sich drei Burschen trefflich stritten. Eine Weile sah er den drei Streithähnen interessiert zu, doch so sehr er sich auch anstrengte – die Ursache des Streites konnte er nicht herausbekommen. „He, ihr da!" Er musste dreimal rufen, ehe die zankenden Bürschchen ihn bemerkten. „Warum streitet ihr euch wie ein Haufen tollwütiger Hunde?"

„Na worum wohl? Ums Erbe natürlich!", krähte der Älteste, ein Knabe von höchstens zehn Jahren. „Vor kurzem starb unser Vater und hinterließ uns einen Turban, einen Gebetsteppich und eine Knute. Es sind aber keine gewöhnlichen Dinge: Der Turban macht denjenigen, der ihn trägt, unsichtbar, und wer sich auf den Teppich setzt und mit der Knute knallt, fliegt wie ein Vogel durch die Lüfte. Nun streiten wir uns darum, wer den Turban, wer die Knute und wer den Teppich bekommen soll."

„Alle drei Dinge gehören zusammen!" riefen die drei wie aus einem Munde. „Ich bin der Älteste, deswegen gebühren sie mir!" – „Nein, mir, dem Mittleren, stehen sie zu!" – „Was redet ihr! Der Jüngste soll alles bekommen, und das bin ja wohl ich!" Und schon fielen sie wieder übereinander her.

„Nun gebt endlich Ruhe!" Nach etlichen Versuchen und mehreren Blessuren gelang es unserem Wanderer, die Streithähne voneinander zu trennen. „Es ist doch ganz einfach, zu entscheiden, wem die drei Dinge gehören sollen. Passt auf: ich schnitze einen Pfeil und schieße ihn ab. Ihr lauft ihm nach, und wer ihn hierher zurückbringt, dem gebührt das Erbe." – „Oh ja, so machen wir es! Ein Wettkampf soll es entscheiden!" krähten die Jungen begeistert.

Der Pfeil flog los, die Brüder rasten hinterher, und was tat unser Wanderer? Richtig: Er setzte sich den Turban auf, kniete sich auf den Teppich, knallte mit der Knute, sprach dazu: „Hipp-hopp, ich will zu meinem Bruder!" und schon flog der Teppich mit ihm zu einer großen Stadt.

Er hatte sie kaum betreten, da verkündeten Herolde überall in den Straßen, dass die Sultanstochter jede Nacht verschwinde und der Padischah demjenigen, der herausfände, wohin sie sich wendet, das halbe Reich und die Hand seiner Tochter geben wolle.

Die lange Wanderung hatte unserem „Helden" drei magische Dinge beschert, aber weiser – nein, weiser hatte sie ihn nicht gemacht. Ohne nachzudenken, rief er großspurig: „Wenn's weiter nicht ist! Das will ich schon zu Wege bringen, und wenn nicht – hier ist mein Kopf!" Die Wachen dachten sich ihren Teil und führten das Großmaul zum Padischah.

Als der Abend hereinbrach, legte er sich im Gemach der Prinzessin nieder, schloss die Augen bis auf einen kleine Schlitz und atmete so tief und gleichmäßig, als ob er schlafen würde. Die Prinzessin, der der ungebetene Aufpasser gar nicht recht war, horchte auf. Endlich stand sie vorsichtig auf, leuchtete ihm mit der Kerze ins Gesicht und stach ihn zur Sicherheit noch mit einer Nadel in die Fußsohle. Verdammt, tat das weh! Nur mühsam unterdrückte er einen Schmerzensschrei, denn damit hätte er alles zunichte gemacht.

Seine Selbstbeherrschung zahlte sich aus. Als die Prinzessin sich davon überzeugt hatte, dass er tief und fest schlief, schlich sie sich durch eine Seitentür hinaus. Darauf aber hatte unser Held nur gewartet. Rasch stand der vermeintlich Schlafende auf, setzte sich den Turban aufs Haupt und eilte ihr hinterher – gerade noch rechtzeitig, denn draußen stand ein Araber, der ein großes, goldenes Becken auf dem Kopf trug. Darin aber saß – na, wer wohl? die Prinzessin. Unser Möchtegern-Held sprang ebenfalls hinein. „Was machst du da!" rief der Araber erschrocken. „Beinahe wärst du mit der Schüssel heruntergefallen!" - „Ich habe nicht einen Finger gerührt!" antwortete die Prinzessin mit kläglicher Stimme, denn sie war nicht weniger erschrocken. Der Araber gab sich damit zufrieden und setzte sich in Bewegung. Doch was war das? „Was ist los mit Euch, Herrin?" stöhnte er. „Ihr seid heute so schwer, dass ich fast zusammenbreche?"

„Aber lieber Lala!" rief das Mädchen. „Ich bin doch nicht schwerer als sonst!" Nun, was blieb dem armen Geist anders übrig, als diese Antwort zu akzeptieren? Mühsam marschierte er weiter. Nach einer Weile erreichten sie einen wundersamen Garten, in dem alle Bäume aus Silber und funkelnden Diamanten bestanden. Das trifft sich gut! dachte der Jüngling und brach einen Zweig ab. Da begannen die Bäume zu seufzen: „Menschenkind hat uns weh getan, Menschenkind hat uns wehgetan!" Der Araber und die Prinzessin blickten sich verwundert an, denn der Schuldige war ja unsichtbar.

Sie schritten weiter und gelangten in einen zweiten Garten, in dem alle Bäume aus Gold und Edelsteinen waren. Auch hier brach der Jüngling einen Zweig ab, und auch hier jammerten die Bäume so laut, dass selbst der Himmel erbebte.

Endlich erreichten sie eine Brücke, die zu einem Palast führte, wo die Prinzessin bereits von einem halben Dutzend Sklaven erwartet wurde. Bei ihrer Ankunft kreuzten sie die Arme vor der Brust und verbeugten sich tief. Die Prinzessin stieg darauf aus ihrem goldenen Becken, um in die edelsteinbesetzten Schuhe, die für sie bereitstanden, zu schlüpfen. Einen hatte sie bereits angezogen, doch wo war der zweite plötzlich geblieben? Die Antwort kennen wir natürlich – der Jüngling hatte ihn eingesteckt.

„Bringt mit ein anderes Paar Schuhe!" befahl die Prinzessin schließlich. Sofort eilte ein Sklave davon, um nach wenigen

Augenblicken mit einem zweiten Paar Schuhe zurückzukehren. Doch es war wie verhext: auch von diesem Paar verschwand ein Schuh. „Jetzt reicht es aber!" rief das Mädchen ärgerlich und eilte, dicht gefolgt von ihrem unsichtbaren Begleiter, in den Palast hinein.
Der Herr das prachtvollen Hauses wartete bereits auf sie. Es war niemand anders als der arabische Peri, dessen eine Lippe den Himmel fegt, während die andere die Erde putzt. „Wo bist du so lange geblieben?" empfing er die Prinzessin. Diese erzählte ihm nun von ihrem großmäuligen Aufpasser. „Irgendwie habe ich das Gefühl, als ob er mir gefolgt wäre", schloss sie und sah sich nach allen Seiten um. Der arabische Peri aber winkte ab. „Das bildest du dir nur ein. Hier ist niemand!" Das Mädchen sah ihn zweifelnd an, wagte jedoch nicht, zu widersprechen.
Sie setzten sich nun nieder, und der Peri ließ durch einen Sklaven einen Diamantnapf voll süßem Scherbet holen. Als der arme Knabe jedoch der Sultanstochter den wohlschmeckenden Trank reichen wollte, schlug der Unsichtbare ihm mit solcher Wucht auf die Hand, dass er das kostbare Gefäß mit einem Aufschrei fallen ließ und es auf dem Boden zerschellte. Auch hiervon steckte er sich ein Stückchen in die Tasch.
„Hab ich dir nicht gesagt, dass es heute nicht mit rechten Dingen zugeht?!" rief die Prinzessin und sprang auf. „Ich will keinen Scherbet, und ich will auch sonst nichts haben! Ich will nach Hause!" schrie sie und stampfte dabei wie ein kleines Mädchen mit dem Fuß. Nur mühsam gelang es dem arabischen Peri, sie zu beruhigen. Endlich wurden die Speisen hereingebracht, doch was war das? Wie von unsichtbarer Hand verschwanden die schmackhaftesten Happen von den Tellern! Jetzt wurde auch der Araber

unruhig, und als auch noch etliches Zuckerwerk sich von seinen Augen in Luft auflöste, war es gänzlich aus mit seiner Ruhe. „Du solltest heute wirklich früher nach Hause zurückkehren als sonst", sagte er und wollte seiner Geliebten einen Kuss geben. Der Jüngling aber riss sie brutal auseinander. Blass vor Schreck riefen sie den Lala herbei, die Prinzessin kletterte hastig in die goldene Schüssel und ließ sich heimtragen. Kaum aber war sie aus dem Palast, griff sich der Unsichtbare einen Säbel von der Wand und schlug dem unglückseligen Peri mit einem einzigen Hieb den Kopf ab. Wahrlich, besonders mutig war das nicht, im Gegenteil: es war ein erbärmlicher, feiger Mord! „Wehe uns! Menschenkind hat unseren König getötet!" schrie es aus unzähligen Kehlen, so laut, dass Himmel und Erde erzitterten. Da sprang der Unsichtbare voller Panik auf den Teppich, knallte mit der Knute und war lange vor der Prinzessin im Palast. Als das Mädchen zurückkehrte, schnarchte er, dass die Wände wackelnden. Wütend versetzte das Mädchen ihm einen Tritt und fluchte: . „Verdammtes Schwein! Du hast mir schon genug Unruhe gebracht!" fluchte sie und stach ihn nochmals mit der Nadel in die Fußsohle. Der Bursche aber schlief ganz ungerecht den Schlaf der Gerechten.

Als man ihn am nächsten Morgen weckte und fragte, ob er herausgefunden habe, wohin die Prinzessin verschwindet, antwortete er keck: „Ja, ich weiß es schon, aber euch sage ich es nicht. Führt mich nur zum Padischah." Dem Herrscher wiederum sagte er, er werde ihm nur dann alles erzählen, wenn man alle Einwohner der Stadt, Groß und Klein, Mann und Frau, versammle. So, dachte er, werde ich meinen Bruder am leichtesten finden.

Dem Padischah gefiel das zwar nicht so recht, aber wenn er

endlich die Wahrheit erfahren wollte, blieb ihm nichts anderes übrig, als auf die sonderbare Bedingung des Großmauls einzugehen. Man rief also alle Einwohner auf dem Markt zusammen. Auf einem erhabenen Platz in der Mitte saßen der Padischah und seine Tochter, und neben ihnen stand das Großmaul und erzählte alles, von der goldenen Schüssel bis zum Palast des Peri. Bei jedem Satz aber warf das Mädchen hastig ein: „Glaub ihm bloß nicht, Vater! Er lügt das Blaue vom Himmel herunter!" Wie aber erschrak sie, als der Jüngling nun die kostbaren Zweige, die edelsteinbesetzten Schuhe, das goldene Essbesteck hervorzog. Gerade wollte er von seiner „Heldentat" erzählen, als er in der Menge das Gesicht seines Bruders erblickte. In dem Moment hörte und sah er nichts anderes mehr, brach mitten im Wort ab und sprang hinunter zu seinem Bruder, der entsetzt zu laufen begann. Der Trottel aber rannte wie ein Irrsinniger hinter ihm her, bis er ihn eingeholt hatte. Resigniert kehrte der Ältere mit ihm zum Padischah zurück. Verzweifelt klagte er dem Herrscher sein Leid, und eines könnt ihr mir glauben: Es gab wohl kaum einen in der Menge, der ihn nicht bedauerte. Einzig seinen jüngeren Bruder kümmerte das alles nichts. Kaum hatte sein Bruder mit einem schicksalsergebenen Seufzer geendet, setzte er seine Erzählung fort, als wäre nichts gewesen.

„Jetzt wisst Ihr alles!" schloss er. „Was nun Euer Versprechen angeht, mein Padischah: Was soll ich mit Eurem halben Reich, wenn ich doch den Zauberturban, den Zauberteppich und die Zauberknute habe? Damit kann ich mir bis zu meinem Tode meinen Lebensunterhalt verschaffen. Gebt Euer halbes Reich meinem Bruder hier – und Eure Tochter gleich dazu. Möge er damit glücklich werden. Was mich angeht: Alles was ich will, ist, dass ich immer in seiner Nähe sein darf." Nun – damit konnten alle leben. Die Prinzessin freute sich übrigens so sehr über den Tod des Peri-Königs, dass sie widerspruchslos in die Hochzeit mit dem Bruder des Großmauls einwilligte. Ganz freiwillig war sie nämlich nicht die Geliebte des Peri-Königs geworden: Dieser hatte sie eines Nachts geraubt und mit einem Liebeszauber belegt, der nun gebrochen war. Vierzig Tage und Nächte dauerte die Hochzeit. Auch ich war dabei, doch als ich noch eine Schüssel Pilaw verlangte, schlug mir der Koch mit dem Löffel so auf die Hand, dass ich jetzt noch Schmerzen habe.

DER TAPFERE RITTERSSOHN – EIN MÄRCHEN AUS BOZEN

Vor vielen, vielen Jahren, lange bevor sich Zwerge, Drachen, Riesen, Trolle, Elfen und all die anderen Wesen unserer Märchen und Legenden in ihre eigene Welt zurückgezogen hatten – in jener fernen Zeit also lebte ein reicher Ritter, der hatte drei Söhne. Schon als Knaben zeigten sie ihr Geschick im Umgang mit Schwert und Lanze, so dass der Herr Ritter sich große Heldentaten von ihnen erhoffen konnte. Nun war es damals üblich, dass junge Adlige in einem gewissen Alter hinaus in die Welt zogen, um sich zu bilden, Abenteuer zu erleben, oder eben um Heldentaten zu vollbringen. So zog denn auch der älteste Ritterssohn mit achtzehn Jahren aus, um sein Glück zu versuchen und dem Vater einen Beweis seiner Tapferkeit zu liefern. Auf eine passende Gelegenheit musste er nicht allzu lange warten. In einem dichten, finsteren Wald kam ein furchtbares Ungeheuer auf ihn zugelaufen, das sich den Jüngling zum Abendbrot einverleiben wollte. Der aber, nicht faul, legte die Lanze an und streckte das Biest zu Boden. Dann schnitt er die Zunge des Ungeheuers heraus und trabte mit diesem wenig appetitlichen Beweis seines Heldenmutes heimwärts. Der Ritter war außer sich vor Freude über diese ach so große Heldentat und ließ ein prachtvolles Fest veranstalten, auf dem sich die geladenen Gäste die in einer endlosen Litanei die Abenteuergeschichte des Rittersohnes anhören mussten.

Auch der zweite Sohn musste mit achtzehn Jahren in die Welt hinaus reiten, um seinen Mut unter Beweis zu stellen. Auch er traf in einem dunklen Wald auf ein böses Ungeheuer, streckte es nieder, schnitt ihm die Zunge heraus und ritt sodann mit stolz geschwellter Brust heimwärts. Wieder gab der Vater ein prunkvolles Fest, und wieder mussten sich die Gäste unzählige Male die Abenteuer des jungen Ritterssohnes anhören; das Monster wuchs dabei in gleichem Maße, wie sich die Weinfässer des Ritters leerten.

Als er das sah, wollte der jüngste Sohn seinen älteren Brüdern natürlich nicht nachstehen. Er hätte zwar noch ein Jahr Zeit gehabt, aber so lange zu warten war ganz und gar nicht sein Ding, also machte er sich schon mit siebzehn Jahren auf den Weg. Um es kurz zu machen: Auch er begegnete in einem Wald einem Ungeheuer, das noch viel furchtbarer war als die Ungeheuer seiner Brüder, auch er erlegte das Biest, aber anders als seine Brüder dachte er, als das Monster tot vor ihm lag, nur: „Wie, war's das schon? Das ging doch viel zu einfach!" Er wollte Abenteuer erleben, nicht so einen ... Kinderkram! Der Jüngling ritt also weiter, und kam bald in einen anderen Wald, der noch viel finsterer und unheimlicher war als der erste. Hier legte er sich mit der ortsansässigen Räuberbande an, die mit lautem Geschrei auf ihn zueilte. Dem ersten schoss er einen Pfeil durch die Brust, den zweiten durchbohrte er mit der Lanze, drei weitere fielen seinem Schwert zum Opfer. Als die übrigen Räuber sahen, wie ihre Kameraden einer nach dem anderen niedergestreckt wurden, ergriffen sie Hals über Kopf die Flucht, und bald stand der Ritterssohn ganz alleine da. „Hmm, das war ja recht amüsant, aber viel zu kurz!" dachte der Jüngling. „Wann passiert nur endlich einmal etwas Aufregendes?" Damit gab er seinem Pferde die Sporen und ritt weiter.

Nach einer Weile gelangte er an eine Höhle, vor der drei Riesen friedlich beisammen saßen und sich gerade einen Braten schmecken lassen wollten. Der Ritterssohn aber war auf Ärger aus, nahm einen Pfeil und schoss einem der Riesen den Braten vom Mund. Der fand das verständlicherweise alles andere als lustig, sprang auf und schrie mit so gewaltiger Stimme, dass sich die Bäume neigten: „Wer hat mir meinen Braten weggeschossen? Warst du das etwa, du Wicht?" – „Na klar", antwortete der Jüngling dreist. „Und mit welchem Recht?" Der Ritterssohn lachte nur. „Weil ich es eben so wollte!" Es folgte eine kurze, heftige Diskussion zwischen ihm und den drei Riesen, doch zu seinem Unmut taten ihm die Drei nicht den Gefallen, ihn anzugreifen. „Mit dem ist nicht gut Nüsse knacken", raunte einer der Riesen seinen Kameraden zu. Die anderen beiden nickten. Dann wandten sie sich wieder an den Jüngling und sprachen in versöhnlicherem Tonfall: „Wenn Ihr schon mal da seid, könntet Ihr uns einen Gefallen tun – das Zeug dafür hättet Ihr zumindest. Jenseits des Waldes ist ein Schloss, in dem eine wunderschöne Prinzessin lebt. Schon lange wollen wir sie in unsere Gewalt bringen, aber der verdammte Schlosshund hat jedes Mal, wenn wir uns dem Schloss näherten, einen Höllenlärm gemacht, so dass das ganze Schloss zusammenlief."

„Wenn's weiter nichts ist!" Der Jüngling winkte ab. „Dem Köter will ich das Bellen schon austreiben." – „Stellt Euch das nicht zu leicht vor!" warnten die Riesen. „Das ist etwas anderes, als einem von uns den Braten vom Munde wegzuschießen!" Der Ritterssohn aber lachte nur und murmelte etwas von: „Was schert mich so ein Köter! Ich hab schon schlimmere Untiere zur Strecke gebracht. Der Hund soll euch nicht mehr länger stören."

Und richtig: Einen Tag später war es aus mit dem Köter. Als die Riesen das hörten, kannten sie kein Halten mehr und rannten auf das Schloss zu. Der Ritterssohn hetzte hintendrein; er wollte schließlich nicht der Letzte sein. Da kam er aber ins Schwitzen, kann ich euch sagen, denn die Riesen hatten ja doppelt so lange Beine wie er!

Als die Vier vor dem Schloss standen, ergab sich das nächste Problem. Die Mauern waren selbst für die Riesen viel zu hoch, und nirgendwo gab es eine Möglichkeit, um hinaufzuklettern. Nach längerer Suche fanden sie zumindest ein Loch, das groß genug war, um hindurchzuschlüpfen. Der Ritterssohn machte den Anfang. „Die Luft ist rein!" raunte er nach draußen, sobald er im Schlosshof stand.

Nun, die Riesen waren zwar groß, aber auch unglaublich dumm, sonst hätten sie diesen durchsichtigen Trick mit Leichtigkeit durchschaut. Der Jüngling wartete ab, bis der erste Riese seinen Kopf durch das Loch steckte und schlug ihm selbigen ab. Sodann zog er den Leichnam mit einiger Mühe hinein, so dass die anderen beiden Riesen glauben mussten, ihr Kamerad spaziere im Schlosshof herum. Der zweite Riese wollte da nicht fehlen und teilte, genau wie der dritte und letzte Riese, das Schicksal seines Kameraden.

Nach diesem blutigen Gemetzel nahm sich der Jüngling Zeit, in aller Ruhe durch das schlafende Schloss zu spazieren. So gelangte er schließlich auch in das Gemach der Prinzessin. Ei, wie das funkelte und glitzerte! Warum, wollt ihr wissen? Ganz einfach: Überall standen Kisten und Kästen voller Gold und Edelsteine! Der Jüngling griff sich so viel von dem Schmuck und Gold, wie er tragen konnte (gierig war er also auch noch) und sah dann zu, dass er so schnell wie möglich ins Freie kam. Bevor er durch das Loch zurückkroch, sah er sich noch einmal seine „Heldentat" an und dachte: „Na endlich habe ich ein schönes Stück Arbeit getan! Jetzt kann ich auch ohne Schande nach Hause gehen."

Er konnte es gar nicht erwarten, sich mit seinen Heldentaten vor dem Vater zu brüsten, der Ritterssohn. Und richtig – kaum hatte man ihn in der Ferne erblickt, erschallte das ganze väterliche Schloss voll Jubel. Mit stolz geschwellter Brust ritt der Jüngling in den Hof und sonnte sich in der Bewunderung der Burgbewohner. Einer aber fehlte: „Wo ist mein Vater?" fragte er irritiert, doch zur Antwort zeigte man nur stumm auf die Familiengruft. Der Jüngling erblasste; seine Freude war mit einem Male wie weggeblasen und traurig ließ er den Rest der Empfangsfeierlichkeiten über sich ergehen.

Unterdessen hatte man im Schloss der Prinzessin die drei kopflosen Leichname gefunden und rätselte, wer den Riesen wohl den Garaus gemacht haben könnte. Das könnte doch eigentlich ein recht passabler Ehemann für mich werden, dachte die Prinzessin. Nur, wie sollte man ihn ausfindig machen? Da kam die Prinzessin auf eine kluge Idee: Sie ließ in dem Wald, in dem die Riesen gewohnt hatten, ein Wirtshaus errichten und unter der Tür ein Schild anbringen, auf dem stand: „Heute umsonst, morgen ums Geld." Jeder, der das erste Mal in dieses Wirtshaus kam, konnte essen und trinken, so viel er wollte, allerdings nur unter einer Bedingung: Er musste seine Lebensgeschichte zum Besten geben. Die Prinzessin, die ja wissen wollte, wer die Riesen erlegt hatte, verkleidete sich derweil als Schankmagd.

Einige Wochen strichen ins Land, und das Wirtshaus hatte schon viele Besucher gesehen, doch der Richtige war nicht unter ihnen gewesen. Dann aber reisten die drei Ritterssöhne mit ihrer Mutter durch diesen Wald. Als die Witwe das seltsame Schild las, wurde sie neugierig und ließ anhalten. Den Söhnen blieb nichts anderes übrig, als ihrer Mutter in die Wirtsstube zu folgen. Immerhin, das Bier war frisch, das Essen schmackhaft – kurz und gut: die Brüder zechten nach bester Rittersart und bezahlten mit ihren Heldentaten. Die ersten beiden hatten die ihren schon zum besten gegeben, nun war der Jüngste an der Reihe. Als der nun erzählte, wie er in dem Schloss die drei Riesen getötet und etliche Kostbarkeiten aus dem Gemach der Prinzessin mitgenommen hatte, hätte man im Raum eine Stecknadel fallen hören können. Umso mehr ärgerten ihn die kessen Worte der Schankmagd: „Du prahlst doch nur!" meinte sie. „Wie willst du das denn beweisen?" – „Na damit!" erwiderte er und zog etwas von dem Geschmeide aus seinem Wams. Wortlos drehte sich die Schankmagd um und verließ den Schankraum. „Dumme Gans!" murmelte der Jüngste.

Als die „dumme Gans" jedoch nach einer Viertelstunde zurückkehrte, sagte er gar nichts mehr, sondern war – was selten vorkam – sprachlos. Durch die Tür, durch die vor wenigen Minuten die Magd verschwunden war, schritt die Prinzessin, angetan im königlichen Gewand. Auf ihrem tiefblauen Kleid glitzerten Dutzende Edelsteine, und auf ihrem Haupt funkelte ein Diadem aus reinsten Diamanten. So trat sie vor den Ritterssohn und sagte freundlich: „Wisse, dass ich es bin, die du von den Riesen befreit hast. Als Dank reiche ich dir meine Hand – wenn du sie willst!" Na und ob der Jüngling wollte! Seine Brüder und seine Mutter freuten sich mit ihm, und stolz waren sie natürlich obendrein. So wurde denn nach wenigen Wochen Hochzeit gefeiert, und die jungen Leute lebten von nun an glücklich bis an ihr fernes Lebensende.